AF198193

Volker Jochim

Das Gizeh Geheimnis

Roman

© 2023 Volker Jochim

Umschlag, Illustration: trediton,

Verlag und Druck: tredition GmbH,
An der Strusbek 10, 22926 Ahrensburg

1. Auflage

ISBN

Paperback	978-3-347-93322-4
Hardcover	978-3-347-93323-1
E-Book	978-3-347-93324-8

Printed in Germany

Alles fürchtet sich vor der Zeit, aber die Zeit fürchtet sich vor den Pyramiden.

(Ägyptisches Sprichwort)

Inhalt

1

Der Vortrag

Mark Phillips saß im Raum 322 der Gould Hall auf dem Campus der University of Washington und lauschte interessiert, zusammen mit etwa neunzig anderen geladenen Gästen, dem Vortrag von Professor Elliot Whiteman, einem renommierten Ägyptologen der Universität von Chicago.

Phillips hatte zunächst keine Lust zu diesem Vortrag zu gehen, da er sich eigentlich nie mit dieser Thematik näher befasst hatte. Doch Robert Wilson, sein Chefredakteur bestand darauf, dass er einen Artikel darüber verfassen sollte und außerdem auch noch eine Rezension über das neue Buch des Professors, was dieser selbstverständlich gleichzeitig bei der Veranstaltung vorstellte. Dabei wäre dies ja wohl eigentlich eine Sache der Kulturredaktion gewesen.

Doch nun saß er hier und war gebannt von dem was Whiteman vortrug, ergänzt von höchst interessanten Bildern, die auf einem großen Bildschirm hinter dem Professor zu sehen waren.

Einleitend stellte Whiteman kurz das *Theban Map-*

ping Project vor, das er eine Weile begleitet hatte und das von einem seiner Kollegen geleitet wurde.

Das Projekt hatte es sich zur Aufgabe gemacht die Ausgrabungsstätten der Nekropole bei Theben, dem heutigen Luxor, zu vermessen und zu kartographieren. In der Hauptsache konzentrierte sich diese Arbeit auf das Tal der Könige.

Der Hauptteil des Vortrags befasste sich mit der jahrelangen Forschungsarbeit des Professors auf dem Plateau von Gizeh.

Aufgrund seiner Forschungsergebnisse vertrat er eine völlig konträre Meinung zu den landläufigen Publikationen der Schularchäologie, was die Bedeutung und das Alter des Pyramidenkomplexes und der Sphinx auf dem Gizeh Plateau betraf. Dafür wurde er offenbar von Kollegen aus der ganzen Welt offen angefeindet, wie er nebenbei anmerkte.

In seiner fast zwanzigjährigen Forschungsarbeit vor Ort glaubte Whiteman Beweise gefunden zu haben, welche das Alter der großen Pyramide, auch Cheops Pyramide genannt, auf etwa 12500 Jahre datiert und nicht wie bisher angenommen auf ca. 4500 Jahre. Ebenso alt war seiner Meinung nach auch die Sphinx. Damit konnten nicht Pharao Cheops oder Chefren, wie bisher behauptet, die Erbauer gewesen sein.

Die Geschichte fesselte Phillips immer mehr, je länger der Vortrag andauerte. Das Buch musste er unbedingt lesen.

Nachdem Whiteman geendet hatte, gab es höflichen Applaus und die Organisatorin der Veranstaltung wies abschließend noch darauf hin, dass jeder der möchte im Anschluss das Buch erwerben und signieren lassen könnte.

Mark Phillips stellte sich geduldig in die Warteschlange der Interessierten, die sich vor einem Tisch mit einem Stapel voller Bücher gebildet hatte und an dem Whiteman nun sein Werk signierte.

„Guten Tag Professor, mein Name ist Mark Phillips von der Washington Post."

Whiteman hob den Kopf und sah ihn erstaunt an.

„Ich kenne Sie. Habe alle Ihre Artikel verfolgt. Mit dem zum Kennedy Attentat haben Sie dem tiefen Staat ganz schön auf die Zehen getreten. Aber hier hätte ich Sie nicht erwartet."

„Ehrlich gesagt wollte ich eigentlich auch nicht kommen, aber mein Chef will unbedingt, dass ich einen Artikel über Ihren Vortrag schreibe. Doch nun bin ich froh gekommen zu sein. Es war sehr beeindruckend. Außerdem möchte ich eine Rezension über Ihr Buch schreiben."

Hinter Phillips wurde die Reihe der noch Wartenden immer unruhiger und leise Beschwerden waren zu hören.

„Warten Sie doch einfach bis ich hier fertig bin", meinte Whiteman, „dann können wir in Ruhe darüber sprechen."

„Ja, gerne."

Phillips stellte sich in eine Ecke hinter dem Tisch und wartete.

„Kommen Sie, Mr. Phillips", sagte der Professor, nachdem auch der Letzte sein Buch erhalten hatte, „gehen wir unten einen Kaffee trinken. Der ist zwar nur aus dem Automaten, aber besser als nichts. Dann können wir in Ruhe reden."

Unten in der weitläufigen Halle setzten sie sich an einen Tisch und Whiteman schob Phillips ein Buch hinüber.

„Ich hoffe, es gefällt Ihnen."

„Nach Ihrem Vortrag bin ich davon überzeugt."

„Etwas positive Publicity könnte nicht schaden. Die Einnahmen daraus sollen die weiteren Forschungsarbeiten mitfinanzieren."

„Aber bekommen Sie denn keine Unterstützung?"

„Als ich meine Forschungsergebnisse vorgestellt hatte, gingen plötzlich viele Türen zu. Ich bekomme nur noch etwas Geld von meiner Universität und das reicht kaum für eine Grabungsperiode."

„Wieso das denn?"

„Nun, alles was der Schularchäologie widerspricht ist nicht erwünscht. Die Geschichte müsste sonst neu geschrieben werden und der Ruf einiger bekannter Kollegen fußt nun einmal darauf."

„Verstehe. Und was sind das für Anfeindungen, denen Sie ausgesetzt sind und die Sie kurz erwähnten?"

„Nun ja, das sind zum einen die angesprochenen Kollegen und zum anderen der Leiter der ägyptischen Altertümer Verwaltung, der übrigens selbst auch Ägyptologe ist. Sie alle versuchen meine Arbeit ins Lächerliche zu ziehen. Für sie steht ihr akademischer Ruf auf dem Spiel – glauben sie. Aber was kann denn an der Wahrheit falsch sein?"

„Eigentlich nichts. Wäre es denn so ein Drama, wenn sie Ihre Forschungsergebnisse anerkennen würden?"

„Fast alle haben schon publiziert. Würde sich das als falsch herausstellen, wäre alles für den Reißwolf. Das wollen sie natürlich mit allen Mitteln verhindern."

„Verstehe. Wie weit würden diese Leute denn gehen?"

Whitemans Gesichtsausdruck verdüsterte sich.

„Sehr weit. Zumindest einige und dabei geht es nicht nur darum Sponsoren unter Druck zu setzen."

„Das hätte ich nicht für möglich gehalten. Zumindest nicht in der akademischen Welt."

„Oh doch, mein Lieber, gerade da. Das ist ein Haifischbecken."

„Vor was genau haben diese Leute denn solch eine Angst? Was haben Sie herausgefunden?"

„Ich arbeite schon über zwanzig Jahre in Ägypten und davon die meiste Zeit am Gizeh Plateau. In dieser Zeit habe ich einiges entdeckt, was nicht mit der landläufigen Meinung einhergehen kann. Nehmen wir zum Beispiel die drei Pyramiden in Gizeh. Die größte von ihnen wird dem Pharao Cheops zugeordnet, dessen Regierungszeit etwa auf 2620 bis 2580 v. Chr. datiert wird. Genau kann man es nicht festlegen."

„Und warum nicht, wenn ich fragen darf?"

„Nun, von diesem Pharao gibt es fast keinerlei Hinterlassenschaften, oder es wurden zumindest bis dato keine gefunden, bis auf eine 7,5 cm große Statuette aus Elfenbein, die man in Abydos fand. Das liegt über fünfhundert Kilometer südlich von Gizeh. Einige Kollegen behaupten er wäre, nach seinem Vater Snofru, der zweite König der vierten Dynastie des alten Reiches gewesen, andere sagen er wäre der dritte. Aber wer war dann vor ihm? In den Königslisten taucht zwischen Snofru und Cheops kein anderer Pharao auf. Dazu gibt es alleine sechs Königslisten aus unterschiedlichen Epochen, die nicht in allen Belangen identisch sind. Wie Sie sehen, ist die Beweislage sehr undurchsichtig und dünn."

„Aber wie kann man ihm dann den Bau dieser Pyramide zuordnen, wenn man sonst so wenig über ihn weiß?"

„Das ist genau die richtige Frage. Die Beweise, auf die sich die Archäologie stützt, sind Aufzeichnungen des griechischen Geschichtsschreibers Herodot, der gegen 470 v. Chr. Cheops als Erbauer der Pyramide beschreibt, also rund zweitausend Jahre später. Außerdem schrieb der ptolemäische Priester Manetho weitere zweihundert Jahre später, dass Pharao Suphis die große Pyramide erbaut hätte und Suphis ist ein anderer Name von Chufu, den Herodot Cheops nannte. Da diese Aufzeichnungen, ähnlich der Evangelien aus der Bibel, nur aus Erzählungen und Hörensagen bestehen, taugen sie in meinen Augen nicht als Beweis. Das absolute Totschlagargument lieferte dann im Jahre 1837 der englische Archäologe Howard Vyse, der auch ein Vertreter der Schwarzpulver Archäologie war."

„Was kann ich denn darunter verstehen?"

„Vyse und einige andere aus dieser Zeit sprengten sich, ohne Rücksicht auf Verluste und Zerstörung von Artefakten, brutal in Gräber und Pyramiden um möglichst schnell etwas zu finden. Dabei wurde vieles unwiederbringlich zerstört."

„Und das war erlaubt?"

„Es hat damals niemanden interessiert. Heute wäre das zum Glück unmöglich. Howard Vyse war, wie wir heute auch, von Geldgebern abhängig, die ihm aber den Geldhahn abdrehen wollten, sollte er nicht bald etwas Zählbares finden. Die Zeit lief ihm davon, also sprengte er sich im Inneren der Pyramide einen Zugang zu den Druckentlastungskammern über der sogenannten Königskammer. Dort fand einer seiner Mitarbeiter angeblich ein Graffiti, das eine Königskartusche mit dem Namen Chufu zeigen sollte."

„Und Sie zweifeln das an?"

„Und ob…"

Whiteman sah auf seine Uhr.

„Oh, schon so spät. Ich würde es Ihnen gerne ausführlich erklären, aber ich habe noch ein Essen mit der Universitätsleitung vor mir. Pflichttermin."

„Entschuldigen Sie Professor, ich halte Sie auf. Haben Sie vielen Dank. Es war sehr lehrreich für mich und ich werde mich nun ausführlich mit dieser Materie befassen."

Die beiden Männer erhoben sich. Phillips trank schnell noch seinen Kaffee aus und verzog das Gesicht. Lauwarm schmeckte er noch viel schlimmer als ohnehin schon.

Nachdem sie sich verabschiedet hatten, drehte sich Whiteman noch einmal um.

„Wissen Sie was? Wie wäre es, wenn Sie zur nächsten Grabungskampagne dazu stoßen würden? Dann könnte ich Ihnen alles vor Ort in Ruhe zeigen."

„Das klingt großartig. Wann wäre das denn?"

„Die Ägypter lassen mich wegen der neuen Lizenz noch zappeln, aber ich gebe Ihnen Bescheid, sobald ich sie habe. Wie kann ich Sie erreichen?"

Phillips reichte ihm eine Visitenkarte und machte sich dann beschwingt und voller Vorfreude auf den Heimweg.

2

Ägypten

„Zuerst wollten Sie partout nicht zu dem Vortrag und nun schreiben Sie einen so positiven Artikel? Und auch einen sehr interessanten und aufschlussreichen noch dazu, wie ich gestehen muss. Was ist passiert?"

Robert Wilson lehnte sich in seinem Schreibtisch-sessel zurück und fixierte Phillips, der ihm gegenüber saß.

„Ehrlich gesagt hat mich der Vortrag gefesselt und hat mein Interesse an der Thematik geweckt. Man darf ja auch mal seine Meinung ändern. Außerdem hat mich der Professor mit dem was er mir danach noch erzählte vollends überzeugt."

„So, so", grinste Wilson.

„Ja. Das Buch ist übrigens auch sehr aufschluss-reich...ach und noch etwas - Whiteman hat mich ein-geladen seine nächste Kampagne zu begleiten, um mir alles vor Ort ansehen zu können."

Wilson schnellte in seinem Sessel nach vorne.

„Was? Daher also das Interesse. Sie wollen da mal ein paar schöne Urlaubstage verbringen. Kommt überhaupt nicht infrage."

„Nun kommen Sie mal runter, Chef. Wenn ich Urlaub machen will, kann ich mir den immer noch selbst bezahlen. Ich will vor Ort nur herausfinden, ob der Professor recht hat, dann müssten nämlich die Geschichtsbücher neu geschrieben werden. Und ich will herausfinden, ob es tatsächlich mafiöse Strukturen innerhalb der Archäologie gibt. Stellen Sie sich doch mal die Schlagzeilen vor."

Wilson hatte sich wieder beruhigt und sah Phillips über den Rand seiner Lesebrille an. Offenbar studierte er gerade die möglichen Schlagzeilen vor seinem geistigen Auge und rechnete die Auflage durch.

„Und wann soll das sein?"

„Eigentlich bald…"

„Was heißt das denn nun wieder?"

„…wollte ich gerade sagen. Geplant war die Grabungskampagne von Oktober bis April, aber die für die Lizenz zuständige Behörde lässt ihn zappeln. Der Leiter dieser Behörde ist selbst Ägyptologe und gehört zu den Gegnern von Whitemans Theorie. Alleine das ist schon eine Recherche wert. Da wird ein angesehener Fachmann öffentlich diskreditiert und angefeindet und muss auf die Verlängerung seiner Lizenz warten, die er schon seit fast zwanzig Jahren hat, während seine Kollegen fröhlich weiter graben können."

Wilson runzelte die Stirn.

„Stimmt, da könnte was dran sein. Nun gut, schreiben Sie erst einmal die Rezension. Danach würde ich das Buch auch gerne einmal lesen. Wenn sich der Professor meldet, sagen Sie mir Bescheid."

„Ja!", jubelte Phillips und ballte die Faust, nachdem er das Büro des Chefredakteurs verlassen hatte.

Dann ging er zurück zu seinem Schreibtisch und befasste sich weiter mit Whitemans Buch.

Es war schon faszinierend. Wie zum Teufel haben die alten Ägypter es vor 4500 Jahren geschafft über zwei Millionen tonnenschwere Steinblöcke bis zu einer Höhe von über 140 Metern aufzustapeln, und das ohne moderne Maschinen und Werkzeuge? Und wenn der Professor recht hat, dann noch vor viel längerer Zeit.

Nicht weniger faszinierend waren die Ausrichtung und die geometrischen Berechnungen der Pyramide, die Whiteman ausführlich in seinem Buch beschrieb. All das würde er sich hoffentlich bald vor Ort ansehen und erklären lassen können.

Eine Stunde später klappte er das Buch zu und packte es in seine Tasche. Zu Hause würde er es in Ruhe fertig lesen, ohne von einem permanent klingelnden Telefon genervt zu werden.

***

Phillips hatte das Buch fertig gelesen und war nun endgültig begeistert von diesem Thema.

Er war gerade dabei die letzten Zeilen der Rezension zu verfassen, als er doch durch sein Telefon unterbrochen wurde.

Nachdem er missmutig den Hörer abgenommen hatte, hellte sich seine Miene im Laufe des Gespräches immer weiter auf.

„Ich danke Ihnen, Professor. Ich werde mir gleich einen Flug buchen. Bis dann..."

Whiteman hatte nun doch seine Lizenz erhalten und erwartete ihn in drei Tagen in Kairo.

Er wollte schon sein Ticket buchen als ihm einfiel, dass er ja die Zeitverschiebung mit einkalkulieren musste. Ergo musste er schon einen Tag früher fliegen.

Da gab es einen Flug mit Egypt Air gegen Mittag, auf dem es noch relativ viele Plätze gab. Den würde er nehmen. Jetzt musste er nur noch schnell die Rezension abliefern, ein paar passende Klamotten einpacken und es Wilson schonend beibringen.

***

Wie schon erwartet, war sein Chef trotz seiner Zustimmung wenig begeistert, dass er schon so bald nach Ägypten reisen würde.

Phillips war froh, als er endlich in der Maschine

saß. Er hatte sich wie immer einen Gangplatz ausgesucht, um sich während des langen Flugs wenigstens etwas bewegen zu können. Dann kam die Durchsage, dass sich der Abflug ein wenig verzögern würde. Ein schlechtes Omen?

Mit dreißig Minuten Verspätung hob die Maschine dann endlich ab und nach zehneinhalb Stunden Flug landete sie am frühen Morgen auf dem Flughafen von Kairo. Phillips hatte das Gefühl sich erst einmal auseinanderfalten zu müssen. Dieser Flug war eindeutig zu lang, zumindest für die Enge in der *Economy Class*. Er wartete bis sich die Maschine etwas geleert hatte, dann zog er seine Umhängetasche aus der Handgepäckablage und verließ auch die Kabine.

Als er nach draußen auf die Treppe trat, schlug ihm ungewohnte Wärme entgegen. Er sah auf seine Armbanduhr, die er kurz vor der Landung auf Ortszeit umgestellt hatte. Es war kurz nach sechs. Wie würden dann die Temperaturen erst gegen Mittag sein? In Washington hatte gerade das Frühjahr begonnen.

Bei der Einreise gab es die ersten Probleme, da das Sicherheitspersonal entweder kein, oder nur sehr schlechtes Englisch sprach. Entsprechend lang war dann auch die Warteschlange.

In der Gepäckausgabe angekommen, musste er

dann eine gefühlte Ewigkeit auf seinen Koffer warten. Als er dann endlich in die Halle trat, sah er Professor Whiteman schon von weitem fröhlich mit einem Sonnenhut winken.

„Guten Morgen Professor. Das ist aber nett, dass Sie mich persönlich abholen."

„Ist doch selbstverständlich. Schließlich habe ich Sie ja auch hierher gelockt. Außerdem möchte ich mich für die ausgezeichnete Rezension bedanken. Danach gingen die Verkaufszahlen quasi über Nacht schon steil nach oben, wie mir der Verlag gestern Abend mitteilte. Die Einnahmen retten die Finanzierung unserer Kampagne."

„Die Rezension war ernst gemeint. Mich hat Ihr Buch begeistert."

„Das freut mich umso mehr. Kommen Sie, der Wagen steht draußen."

Auf dem Parkplatz bestiegen sie einen ziemlich verbeulten und verstaubten Land Rover.

„Hier benötigen Sie so einen robusten Allrad Wagen, wenn Sie nicht irgendwo steckenbleiben wollen", meinte Whiteman, dem Phillips' Blicke nicht entgangen waren. „Wenn es Ihnen recht ist, fahren wir durch die Stadt. Der Weg ist zwar kürzer, dauert aber länger. Dafür bekommen Sie einen Eindruck von Kairo."

„Ja, gerne. Ich richte mich völlig nach Ihnen."

Vom Flughafen fuhren sie auf einer breiteren Straße, die aber stellenweise so verstopft war, dass es kaum ein Weiterkommen gab. Mopeds, Autos und überladene Kleintransporter fuhren kreuz und quer und dazwischen zwängten sich Händler mit ihren Handkarren. Rechts und links gingen unzählige kleine und kleinste Straßen und Gassen ab.

„Ich hoffe, Sie haben einen Sonnenschutz dabei?", fragte Whiteman plötzlich.

„Sonnencreme?"

„Nein, eine Kopfbedeckung. Die brauchen Sie hier, sonst bekommen Sie einen Sonnenstich. Die Sonne brennt hier manchmal ganz schön. Wir sind sehr spät dran mit unserer Grabung, weil die Lizenz so lange auf sich warten ließ."

„Nein", lachte Phillips, „so etwas habe ich noch nie getragen."

„Hier sollten Sie es. Dann besorgen wir schnell etwas Passendes."

Der Professor lenkte den Wagen plötzlich an den Straßenrand und hielt an.

„Kommen Sie. Da hinten gibt es einen Laden, der das richtige für Sie hat."

Sie stiegen aus und gingen durch das geschäftige Gewühl einer schmalen Gasse. Auf beiden Seiten reihte sich ein Laden an den anderen. Hier gab es duftende Gewürze, Handarbeiten aus Kupfer und Messing, nachgemachte Antiquitäten und Kleidung aller Art. Whiteman zog Phillips zu einem der Läden.

„Hier sind wir richtig. *Sabah alkhayr Hasan.*"

Der Mann in dem Laden, der offenbar Hasan genannt wurde, machte eine unnötig tiefe Verbeugung.

„*Ah ya 'ustadh, yawm jamil. ma aladhi yumkinuni 'an 'afealah min 'ajliki?*"

„Sprechen wir Englisch, ja? Der junge Mann hier braucht einen Hut."

„Ah, habe ich genau das was Sie brauchen. *Lahzatayn min fadlik.*"

Er verschwand in seinem Laden und kam kurz darauf mit einem beigen Hut wieder, der Phillips an Indiana Jones erinnerte.

„Sehr gut, nur achtzig Dollar."

Phillips wollte schon seine Brieftasche ziehen, als der Professor ihm seine Hand auf den Arm legte.

„*Hadha sadiq li* ... das ist ein Freund von mir."

„Ah, verstehe. Dann Sonderpreis. Nur fünfzig amerikanische Dollar."

Phillips sah Whiteman fragend an und als der kurz nickte, probierte er den Hut, der perfekt saß und bezahlte.

„Jetzt sind Sie passend ausgestattet", lachte der Professor, als sie wieder im Auto saßen, „ich hoffe, sie haben auch warme Kleidung dabei."

„Wieso? Hier ist es doch sehr warm."

„Um diese Jahreszeit kann es nachts verdammt kalt werden, vermutet man gar nicht, dafür am Tag aber sehr heiß."

Kurz nachdem sie den Nil überquert hatten, tauchte nach über eineinhalb Stunden Fahrt wie aus dem Nichts plötzlich das Kalksteinplateau mit den majestätisch wirkenden Pyramiden vor ihnen auf. Die Stadt hatte sich schon bis kurz davor herangefressen.

Es war für Phillips ein überwältigender Anblick. Die ersten beiden Pyramiden waren noch gigantischer als er es sich vorgestellt hatte.

Getrübt wurde der Anblick nur von den zahlreichen Reisebussen und den dazugehörigen, bunt gekleideten Tagestouristen.

„Ist hier immer so viel los?", fragte er den Professor.

„Nein, manchmal noch viel mehr. Leider."

Whiteman parkte den Wagen westlich der großen Pyramide und winkte einem der Sicherheitskräfte zu, die das Areal bewachten.

„Ich habe für Sie ein Hotel hier in der Nähe gebucht. Ich hoffe es ist Ihnen recht? Es liegt nur ein paar hundert Meter von hier und ist sehr günstig und sauber. Von der Terrasse haben Sie einen herrlichen Blick

auf die Pyramiden, auch wenn sie nachts kitschig beleuchtet werden. Die Touristen lieben es."

„Vielen Dank. Übernachten Sie auch dort?"

„Nur gelegentlich, das würde sonst unser Gra-
bungsbudget sprengen. Dort drüben haben wir ein
großes Zelt. Das dient als Büro und Schlafgelegenhei-
ten haben wir in dem kleinen Gebäude dahinter. Ansonsten übernachte ich auch mal im *Chicago House*,
aber nur sehr selten. Da hätte ich Sie auch unterbrin-
gen können, aber das liegt in Luxor und das sind über
850 Kilometer südlich von hier. Da fahren Sie mindestens zehn Stunden."

„Nein, das wäre dann doch zu viel des Guten",
lachte Phillips, „ich möchte hier vor Ort sein."

„Kommen Sie, ich bringe Sie ins Hotel. Da können
Sie erst einmal einchecken und sich umziehen. So wollen Sie bestimmt nicht durch den Wüstenstaub kriechen. Ich hole Sie dann gegen Mittag ab, dann können
wir alles Weitere besprechen und zusammen etwas
essen."

Whiteman überreichte ihm noch einen Ausweis,
der ihn als Mitglied der Grabungsmannschaft auswei-
sen sollte.

Nachdem der Professor ihn am Hotel abgesetzt
und er eingecheckt hatte, nahm er erst einmal eine
ausgiebige Dusche um seinen Jetlag zu vertreiben.

Dann zog er sich an und hoffte, dass diese Kleidung die passende für sein kommendes Abenteuer war. Im Anschluss ging er in die Hotelbar und fragte, ob es noch möglich war ein kleines Frühstück zu bekommen. Die Croissants waren frisch und der Kaffee ausgezeichnet. Hier ließ es sich aushalten.

3

Die große Pyramide

Etwas später erschien der Professor um Phillips abzuholen. Sie fuhren das kurze Stück bis zur Grabungsstätte.

„So Mr. Phillips, unsere Lizenz beschränkt sich zwar nur auf die Nekropole nebenan, aber ich kann Ihnen trotzdem etwas in der Pyramide zeigen. Wenn Sie soweit sind…?"

„Ja, sehr gerne. Wo ist denn der Eingang?"

„Der ist hier auf der Nordseite."

Sie umrundeten die Pyramide, dann zeigte Whiteman nach oben.

„Das dort oben ist der eigentliche Eingang."

„Warum ist der so weit oben?"

„Meine Theorie dazu erkläre ich Ihnen später. Das Loch etwas tiefer ist der sogenannte Räubertunnel, oder Ma'mun Tunnel. Es wird jetzt als Eingang genutzt."

„Räubertunnel?"

„Ja, angeblich sollen Grabräuber um den Kalifen Al-Ma'mun im neunten Jahrhundert diesen Gang angelegt haben, um die Sperrsteine, die aus Granit sind, zu umgehen. Ich halte das für sehr unwahrscheinlich."

„Und warum?"

„Um einen zweiten Eingang so anzulegen, dass er die Sperrsteine umgeht um wieder auf dem eigentlichen Gang nach innen zu landen, setzt Kenntnisse der inneren Konstruktion voraus. Die waren im neunten Jahrhundert wohl nicht mehr vorhanden. Der Gang stammt mit Sicherheit aus der Zeit der Bauphase, oder kurz danach. So, kommen Sie."

Sie stiegen die riesigen Stufen hinauf, die eigentlich keine Stufen, sondern eher Lagen aus monumentalen Steinquadern waren. Phillips war erstaunt wie locker der Professor den Aufstieg bewältigte, während er schon bald keuchte wie ein Walross. Schließlich war Whiteman mindestens fünfzehn bis zwanzig Jahre älter als er.

Zuerst ging es durch einen schmalen, horizontal verlaufenden Gang bis zu einer Stelle, an der weitere Gänge nach oben und nach unten abzweigten.

„So, dort ist die Umgehung der Sperrsteine. Dahinter sind wir wieder im eigentlichen Korridor nach oben", erläuterte der Professor, „sehen Sie was ich vorhin meinte? Um exakt an diesem Punkt zu landen musste man genau wissen, wo die Sperrsteine waren."

Es ging eine Weile ziemlich steil hinauf, bis der schmale und niedrige Gang sich plötzlich nach oben hin öffnete. Die letzten geschätzten fünfunddreißig Meter mussten sie sich in gebückter Haltung voran bewegen und nun war der Gang mindestens achteinhalb Meter hoch und verjüngte sich nach oben in einem perfektem Kraggewölbe.

„Wow!", entfuhr es Phillips.

„Beeindruckend, nicht wahr? Das ist die große Galerie. Ein architektonisches Meisterwerk für diese Zeit. Das Kraggewölbe dient zur Lastabtragung. Ein ähnliches Gewölbe gibt es übrigens auch in der Roten Pyramide in Dahschur, die angeblich noch älter sein soll, als diese hier."

„Aber das glauben Sie nicht."

„Nein. Ich erkläre Ihnen später auch warum. Jetzt müssen wir dort hinauf."

Am Ende der Galerie gelangten sie an einen niedrigen Korridor, durch den sie auf Knien kriechen mussten. Dann standen sie in einem größeren, etwa fünf bis sechs Meter hohen, rechteckigen Raum, dessen Decke, Wände und der Boden aus absolut plan geschliffenen Granitplatten bestanden.

„Beeindruckend. Wo sind wir hier?"

Phillips war auch überrascht von der Akustik in diesem Raum. Seine Frage klang, als hätte er sie in einen großen Konzertsaal hineingesprochen.

„Das wird als Königskammer bezeichnet. Allerdings wurde hier meiner Meinung nach nie ein Pharao bestattet. Sehen Sie sich um. Es gibt keinerlei Anzeichen dafür. Keine Beschriftung, keine Bilder und Artefakte wurden hier auch nie gefunden. Die Pharaonen haben doch früher gewetteifert, wer die schönste, prunkvollste und größte Grabstätte hat. Hier gibt es nur diesen Sarkophag dort hinten, der aus einem Stück Granit gefertigt wurde. Selbst einen Deckel, oder zumindest Teile davon gab es nicht."

„Wozu diente dann dieser Raum?"

„Da können wir nur spekulieren. Vielleicht ein ritueller Raum? Wer weiß? Klopfen Sie einmal an diesen Sarkophag."

Phillips klopfte mit den Knöcheln gegen die Seitenwand und hatte sofort das Gefühl einen leisen Klang zu hören, dessen Wellen von den Wänden widerhallten und seinen Körper durchströmten.

„Das ist unheimlich."

„Ja, wir haben diesen Ton gemessen. Er hat eine Frequenz von genau 110 Hz und er erzeugt diese Schwingungen, die sich mit dem menschlichen Körper synchronisieren."

„Was bedeutet das?"

„Diese Frequenz findet sich bei vielen archäologischen Stätten, wie zum Beispiel das Hypogäum auf Malta oder Newgrange in Irland. Es scheint eine Universalfrequenz einer frühen Hochkultur gewesen zu sein. Archäoakustiker haben das nachgewiesen. Nachweislich stimuliert diese Resonanz die rechte Gehirnhälfte, die unter anderem das Zentrum für Spiritualität und Innovation ist. Die Buddhisten und Hindus singen ihre Mantras auch mit dieser Frequenz. Vielleicht hatte das damals aber auch schon einen anderen Sinn. Jedenfalls nicht als Begräbnisstätte."

„Dann hätten diese Menschen damals schon davon gewusst?"

„Ja und noch vieles mehr."

Sie krochen durch den Korridor zurück und kamen zuletzt an einen schmalen, nach oben führenden Schacht, in dem man sich nur auf dem Bauch kriechend hindurch bewegen konnte. Jetzt wusste Phillips auch, warum Whiteman ihn nach einer möglichen Klaustrophobie fragte. Am Ende erreichten sie eine kleine, von einer Art Satteldach aus großen Steinblöcken gedeckte Kammer.

„So, das wollte ich Ihnen zeigen", keuchte der Professor und richtete den Strahl seiner Lampe auf die Schräge eines der Deckensteine.

„Wo sind wir hier?"

„Das ist die sogenannte Campbell Kammer. Vyse

hatte sich 1837 bis hierher durchgesprengt und die Kammer nach dem damaligen britischen Konsul in Kairo benannt. Die vier Kammern unter uns hatte er ebenfalls nach bekannten Landsleuten benannt. Was ich Ihnen aber zeigen wollte ist dieses Graffiti."

Auf einer der Schrägen waren mit roter Farbe gemalte Hieroglyphen zu sehen, die aber nach Phillips' bescheidener Meinung ziemlich amateurhaft aussahen.

„Was ist das?"

„Das, lieber Freund, ist der bislang einzige Beweis dafür, dass Pharao Cheops der Bauherr dieser Pyramide gewesen sein soll."

„Und Sie glauben das nicht?"

„Nein, und ich werde ihnen auch gleich sagen warum. Zum einen sehen Sie sich einmal an, wie diese Kartusche geschrieben wurde. Sie wurde vertikal von oben nach unten geschrieben, obwohl sie von unten nach oben gelesen wird. Fangen Sie einen Satz von hinten an zu schreiben?"

„Eher nicht."

„Und die alten Ägypter taten das auch nicht."

„Aber woran erkennt man, von wo nach wo gelesen wird?"

„Eine einfache Grundregel für Anfänger ist, dass man an der Seite anfängt, auf welche die in den Texten abgebildeten Tiere schauen. Hier haben wir zwei Wachteln und eine Viper, die alle nach unten sehen. Jetzt schauen Sie einmal dahin, wo der Text eigentlich beginnt. Das erste Zeichen, ein Kreis, wurde nicht komplett ausgeführt und verschwindet teilweise in der Fuge zur Bodenplatte. Man kann es daher nicht richtig entziffern."

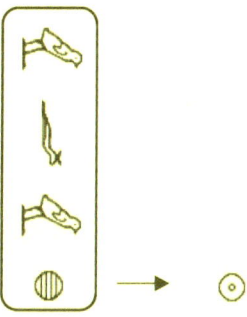

„Aber dass es ein Kreis sein soll sieht man halb-wegs."

„Ja, aber er kann zweierlei Bedeutung haben. Die Wachteln stehen für w oder u, die Viper für ein f und wenn der Kreis horizontale Striche aufweist, dann steht er für ch. Vyse und seine Mitarbeiter lasen es als Chufu, das ist der altägyptische Name für Cheops. Der Name Cheops stammt ja, wie ich glaube Ihnen schon gesagt zu haben, von dem griechischen Geschichtsschreiber Herodot, der zweitausend Jahre später lebte. Seither gilt dieses Graffiti als Beweis dafür, dass Chufu der Erbauer dieser Pyramide war. Wenn aber nun der Kreis statt Striche einen Punkt in der Mitte hätte, würde es re statt ch bedeuten. Der Name wäre Re-ufu. Diesen Namen habe ich aber noch in keiner Königsliste gesehen. Und da die Königslisten bekanntermaßen unvollständig sind, wer weiß ob es diesen Pharao gab? Und noch etwas. Sehen Sie sich die Strichführung der Einrahmung an. Sie beginnt rechts unten und wird links unten immer schmaler, weil der Verfasser keinen Platz mehr hatte. Diese Kartusche stammt mit Sicherheit nicht aus der vierten Dynastie. Kommen Sie. Alles Weitere können wir draußen besprechen."

Phillips machte noch schnell ein paar Fotos, dann krochen sie mühsam zurück, bis sie die große Galerie erreichten. Für Phillips unbegreiflich, wie solch ein Bauwerk vor tausenden Jahren entstehen konnte.

Als sie wieder im Freien waren, klopften sie sich zuerst einmal den Staub von den Hosen. Phillips hatte das Gefühl, als hätten sich Tonnen von Sand und Staub auf seinen Lungen verteilt.

„Man gewöhnt sich daran", meinte Whiteman lächelnd.

„Ich weiß nicht..."

Phillips sah sich um. Die Sonne stand schon sehr hoch und es war sehr warm. Von seinem erhöhten Standpunkt aus hatte er eine gute Sicht über die Stadt, deren Zentrum unter einer flimmernden Dunstglocke verschwand.

„Tja", meinte der Professor, als er seinem Blick folgte, „ein starker Raucher lebt wohl gesünder als die Menschen, die dort unten wohnen. Kommen Sie, gehen wir erst einmal ins Zelt und trinken einen Tee."

„Ich bin eher der Kaffee Typ."

„Ich eigentlich auch, aber die Jungs machen einen köstlichen Minztee. Der ist auch gut bei der Hitze."

Phillips nahm im Zelt an einem Klapptisch Platz und kurz darauf erschien der Professor mit zwei Gläsern. Der Tee war mit frischen Minzblättern aufgebrüht, schmeckte erstaunlich gut und war, obwohl ein Heißgetränk, sogar erfrischend.

„So, nun möchte ich Ihnen meine Theorie etwas genauer erklären", begann Whiteman. „Eine Theorie, die nur sehr wenige Kollegen teilen und wegen der ich von den meisten stark angefeindet werde. Einer der schärfsten Kritiker ist Marik Abbas, der allmächtige Hüter der Altertümer Ägyptens. Wegen ihm darf ich auch nicht mehr in den Pyramiden forschen, sondern nur noch in der Nekropole."

„Das verstehe ich nicht. Was hat er gegen Ihre Forschung? Er sollte doch froh sein, wenn die Wahrheit aufgedeckt wird."

„Es gibt Wahrheiten, die nicht ans Licht gebracht werden dürfen. Das gilt bei ihm ganz besonders. Viele Kollegen haben einfach die Befürchtung, dass ihre Publikationen dann nichts mehr wert sind und ihr akademischer Ruf leiden würde, doch er hat noch mehr zu verlieren."

„Inwiefern?"

Ein heftiger Windstoß ließ die Zeltplanen flattern und Phillips sah sich erschreckt um.

„Das passiert hier oben auf dem Plateau öfter, nur wenn es länger dauert, müssen wir die Arbeiten unterbrechen. Der Sand… Ja, vor einigen Jahren hatte ein deutscher Ingenieur mit einem kleinen fahrbaren Roboter einen Luftschacht erforscht und festgestellt, dass er am Ende mit einer behauenen Steinplatte verschlossen war. Man verständigte sich darauf im folgenden Jahr den Roboter mit einem Bohrer versehen wieder in den Schacht zu schicken, die Platte anzubohren und eine Kamera einzuführen um zu sehen, was sich dahinter verbarg. Doch Abbas untersagte später plötzlich weitere Forschungen. Ein paar Jahre später kündigte er dann äußerst medienwirksam eine weltweite Live-Übertragung an, in der genau das gezeigt werden sollte, was er vorher dem deutschen Kollegen untersagte. Er hatte sich damit schön in Szene gesetzt und einen Exklusivvertrag mit einem Fernsehsender geschlossen. Nur dass es mir und einigen anderen Kollegen aufgefallen war, dass diese Show alles andere als live war. Er hatte die Platte mit einem nachgebauten Roboter schon vorher anbohren lassen und in der Übertragung dann eine kleine leere Kammer gezeigt, die irgendwo hätte sein können."

„Aber warum? Was hatte er davon?"

„Zum einen stellt er sich gerne medienwirksam dar und zum anderen gab es schon seit längerem die Vermutung, dass es in der Pyramide noch nicht entdeckte Kammern gibt, in denen unter Umständen Beweise für ihre Entstehung und die Wahrheit über eine frühere Hochkultur zu finden sind. Das widerspricht natürlich seinen Interessen und den der meisten Kollegen aus den bereits genannten Gründen. Während dieser Fernsehshow ging er auch auf das Graffiti ein, was ich Ihnen vorhin zeigte und bezeichnete es als ultimativen Beweis dafür, dass Chufu der Erbauer dieser Pyramide sei."

„Ah, jetzt verstehe ich. Deshalb will er Sie auch von der Pyramide fernhalten."

„Genau. Er ging sogar noch weiter und erklärte, wie das Graffiti dorthin gekommen sein soll. Sie haben es gesehen. Es wurde nach dem Einbau der Deckensteine gemalt. Das ist eindeutig. Er aber behauptete, die Kartusche wäre von Arbeitern im Steinbruch aufgemalt worden um zu zeigen, dass sie voller Stolz für den Pharao gearbeitet hätten. Das halte ich für ausgemachten Unsinn. Erstens, woher hätten die Arbeiter wissen sollen, wofür der Stein verwendet wird und dass man die Kartusche nach dem Einbau auch sieht? Der Steinbruch aus dem diese Granitsteine stammen, liegt immerhin mehrere hundert Kilometer südlich von hier. Zweitens hätten die Arbeiter den Stein frei vor sich gehabt und ihn horizontal von rechts nach links oder umgekehrt beschrieben, drittens wäre die Farbe bei dem langen Transportweg beschädigt worden und viertens konnten damals die einfachen Arbeiter in der Regel weder schreiben noch lesen. Das war den Beamten, den Priestern, den Schreibern, den Verwaltern, den Künstlern und natürlich dem Pharao und seinen Eliten vorbehalten. Steinmetze haben natürlich gelegentlich die von ihnen behauenen Steine mit einem Zeichen markiert, doch das waren einfache, in den Stein geritzte persönliche Zeichen, da sie ja oft nach der Anzahl der behauenen Blöcke bezahlt wurden. Und noch etwas. Woher hätten die Arbeiter im Steinbruch die Farbe haben sollen? Die war viel zu teuer für sie. Und wir haben die Farbe analysieren las-

sen. Dabei kam heraus, dass die Farbe mit dieser Zu-
sammensetzung bis vor ein paar Jahrzehnten noch im
hiesigen Basar zu kaufen war, also keineswegs über
viertausend Jahre alt ist. Das stützt meine These, dass
Vyse, oder einer seiner Mitarbeiter die Graffitis angelegt hat, um die Finanziers der Grabungen zufrieden-
zustellen."

„Meine Güte, jetzt ist es mir völlig klar warum man
Sie von der Pyramide fernhalten will. Wenn Sie damit
an die Öffentlichkeit gehen, ist der Mann doch erledigt."

„So einfach ist das leider nicht", seufzte Whiteman,
„ich stehe damit fast komplett alleine da und die
Mehrheit würde mich als Spinner oder Verschwörungstheoretiker hinstellen. Ich brauche unschlagbare
Beweise, sonst habe ich gegen diese Übermacht der
engstirnigen Kollegen keine Chance. Wie ich Ihnen
schon einmal darlegte, will die Schularchäologie keine
neuen Erkenntnisse. Es ist alles in Stein gemeißelt und
so soll es auch bleiben. Außerdem wollen sie Ihre Grabungslizenzen nicht aufs Spiel setzen."

„Nach dem Motto: Was einmal in Stein gemeißelt
ist…"

„Genau. Was halten Sie davon, wenn wir etwas essen gehen würden? Hier in der Nähe gibt es ein ganz
gutes Restaurant."

„Ja gerne."

Sie fuhren ein Stück bis zu einer sandigen Fläche am Stadtrand, die als Busparkplatz für die Besucher der Sphinx diente. Direkt gegenüber befand sich ein nettes Lokal mit einfachem Ambiente, das einen gewissen Retro Charme versprühte. Das Lokal war um diese Zeit fast leer und im Inneren war es angenehm kühl. Auch die Speisekarte fand Phillips' Zustimmung und die Preise waren, im Verhältnis zu Washington, mehr als günstig. Er bestellte sich eine Grillplatte und der Professor Hähnchen mit Pilzen. Nur das Bier war nicht so nach seinem Geschmack.

4

Whitemans Theorie

Nach dem vorzüglichen und zudem noch sehr preiswerten Essen, fuhren sie zurück zur Ausgrabungsstätte. Hier wollte der Professor Phillips noch etwas zeigen.

„Wir haben hier in den letzten Jahrzehnten mehrere Gräberfelder freigelegt", begann Whiteman, „je ein großes im Westen und eines im Osten der großen Pyramide, aber auch kleinere im Süden und Norden. Um die mittlere Pyramide, die auch Chefren Pyramide genannt wird, gibt es ebenfalls Gräber."

Der Professor marschierte zur Westseite und deutete auf einen großen Steinhaufen.

„Sehen Sie das? Das ist die Mastaba von Hemiunu, einem Neffen von Chufu. Gehen wir rüber zur Ostseite."

Dort sah Phillips ebenfalls eine Reihe von großen Steinhaufen, die fast wie eingestürzte Pyramiden aussahen.

„Hier vorne haben wir als erstes das Grabmal von Königin Henutsen. Sie war eine Tochter von Snofru, sowie Chufus Schwester und zweite Ehefrau. Diese kleine Pyramide ließ definitiv Chufu bauen. Dazu gibt es eine Inschrift auf einer Stele. Sie ist bei weitem nicht so perfekt gestaltet wie die großen Pyramiden. Warum, frage ich mich, wenn Chufu doch so perfekte Pyramiden bauen konnte? Daneben ist das Grab von Meritites I. Sie war höchstwahrscheinlich die Stiefmutter von Chufu. Möglicherweise aber auch seine Schwester und Ehefrau. Und dahinter ist das Grabmal von Hetepheres I. Sie war ebenfalls eine Gattin von Snofru und die Mutter von Chufu. Viele Kollegen sehen die Tatsache, dass hier viele Familienmitglieder von Chufu begraben wurden ebenfalls noch als Beweis für Chufu als Bauherrn der Pyramide an."

„Könnte man denken, aber Sie glauben das auch nicht?"

„Nein. Warum hätte man die Gräber denn rechts und links einer Pyramide anlegen sollen, die es anfänglich noch gar nicht gab?"

„Was bedeuten würde, dass diese Pyramide schon vorher dagestanden haben muss."

„Genau, denn viele der hier gefundenen Gräber stammen aus der Zeit vor, oder um Chufus oder auch Chefrens Regentschaft. Nicht alle, aber einige. So, ich denke ich habe Sie für heute genug beansprucht. Nach der langen Reise sind Sie bestimmt müde. Ich bringe

Sie noch zum Hotel und wenn Sie mögen, machen wir morgen weiter."

„Danke, das war fürs erste ziemlich viel Input, den ich erst einmal verarbeiten muss. Morgen würde ich aber sehr gerne noch mehr erfahren."

***

„Gut, dann hole ich Sie morgen gegen neun Uhr ab", rief Whiteman Phillips zu, nachdem er ihn am Hotel abgesetzt hatte. „Es gibt noch viel zu sehen."

„Vielen Dank Professor. Ich bin schon sehr gespannt."

Phillips war völlig erschlagen. Zum einen von der ungewohnten Anstrengung und zum anderen von der Menge an neuen Informationen, die er erhalten hatte. Wenn der Professor recht hätte, würde es tatsächlich die Ägyptologie in ihren Grundfesten erschüttern, oder zumindest schwer aufwühlen.

Er nahm erst einmal eine Dusche um den ganzen Staub abzuspülen. Dann zog er sich um und ging am frühen Abend ins Restaurant des Hotels um eine Kleinigkeit zu essen. Später saß er auf dem Balkon seines Zimmers und versuchte die ganzen Informationen zu ordnen und zu notieren. Dabei sah er in der Ferne die Pyramiden, die in einer kitschigen Lightshow in blau, gelb und rot angestrahlt wurden.

Kurz darauf übermannte ihn die Müdigkeit und er

fiel in einen festen, traumlosen Schlaf.

***

Am nächsten Morgen fühlte sich Phillips wieder einigermaßen ausgeruht und frisch. Er war gerade beim Frühstück, als schon der Professor erschien.

„Guten Morgen. Trinken Sie noch einen Kaffee mit?"

„Gerne, warum nicht."

„Darf ich fragen, was wir heute vorhaben?"

„Ich möchte heute mit Ihnen einen kleinen Ausflug nach Saqqara und Dahschur unternehmen. Nur wenn es Ihnen nicht zu viel wird."

„Nein, keineswegs. Sehr gerne."

„Ich möchte ihnen dort vor Ort meine Theorie zum Bau der Pyramiden in einem nächsten Schritt noch einmal verdeutlichen."

Sie tranken ihren Kaffee aus, kletterten in den Land Rover und fuhren los. Auf der Ladefläche standen neben einer Werkzeugkiste dutzende von Wasserflaschen und einige Benzinkanister.

„Für den Notfall, falls wir mal liegenbleiben sollten", meinte Whiteman, als er Phillips' fragenden Blick bemerkte. „Ist mir bis jetzt aber noch nicht passiert."

„Dann bin ich ja beruhigt."

Phillips hatte sich vorgestellt, nun viele Kilometer

durch die Wüste zu fahren und war daher überrascht, dass sich rechts und links der Straße landwirtschaftliche Flächen, gewerblich genutzte Gebäude und Wohngebiete abwechselten.

Nach knapp fünfzigminütiger Fahrt bog Whiteman nach rechts ab und kurz darauf konnte Phillips in der Ferne eine stufenförmige Pyramide erkennen.

Der Professor stellte den Wagen auf einem Parkplatz ab und zog Phillips mit zu diesem seltsam anmutenden Bauwerk.

„Dies ist das erste was ich ihnen zeigen wollte. Es ist die Stufenpyramide von König Djoser. Dem ersten König der dritten Dynastie. Er hatte mit Imhotep einen genialen Baumeister, der sich hier an einer Pyramide versucht hat. Wie Sie sehen, ist sie nicht symmetrisch und sieht aus wie aufeinandergestapelte Mastabas. Wahrscheinlich wollte man später versuchen die Stufen aufzufüllen und zu verkleiden. Hinweise darauf wurden jedenfalls gefunden. Die Schularchäologie behauptet, dass dies die erste Pyramide gewesen sei. Imhotep versuchte sich noch an einer zweiten Pyramide, die für König Sechemchet erbaut werden sollte. Es war ebenfalls eine Stufenpyramide, die aber nie fertiggestellt wurde. Heute ist davon nur noch dieser Schutthaufen dort drüben übrig. Prägen Sie sich das alles gut ein, damit Sie nachher meine Theorie besser verstehen. Aus dieser Zeit gibt es noch einen Versuch einer Stufenpyramide von König Chaba und eine jüngere von König Baka, die allerdings nie fertiggestellt wurde. Die von König Chaba sieht dieser hier sehr ähnlich. Beide befinden sich in Saujet el-Arjan, südwestlich von Gizeh, aber das ist jetzt militärisches Sperrgebiet und wir können dort nicht mehr hin."

Phillips machte noch einige Fotos, dann gingen sie zurück zum Wagen und fuhren zurück auf die Hauptstraße und weiter nach Süden. Nach wenigen Kilometern verließ Whiteman die Straße und bog nach Westen ab. Von da an ging es durch Wüstenähnliches Gelände.

„Die Strecke ist zwar länger, aber es geht schneller", erklärte der Professor. „Auf der anderen Strecke kommt man meist nur im Schritttempo vorwärts."

Nach eineinhalb stündiger Fahrt erblickte Phillips einen riesigen steinernen Koloss in der Wüste. Whiteman stellte den Wagen ab und sie gingen ein paar Schritte auf das Gebilde zu.

„Das ist die Pyramide von Meidum. Sie wird König Snofru zugeschrieben, dem Vater von Chufu. Nach den ersten Versuchen mit den Stufenpyramiden, die ich Ihnen vorhin zeigte, versuchten sich Huni, der Großvater Chufus und Snofru mit einer ganzen Reihe von Pyramiden, von denen aber zum größten Teil nicht mehr viel übrig ist. Viele von ihnen wurden auch mit Lehmziegeln gebaut, was natürlich nicht halten konnte. Diese hier ist allerdings eine echte Weiterentwicklung der Stufenpyramide von Saqqara. Wie Sie sehen, wurde sie auch als Stufenpyramide konzipiert, aber später als echte Pyramide umgebaut. Besonders daran ist, dass man hier zum ersten Mal den gleichen Neigungswinkel verwendete, wie bei der großen Pyramide von Gizeh, nämlich 51,5 Grad."

Phillips fiel auf, dass der Professor immer von der großen Pyramide und nicht von der Cheops Pyramide sprach.

„Snofru versuchte sich während der Bauphase dieser bereits mit einer weiteren Pyramide in Dahschur. Und dort fahren wir nun hin. Halten Sie noch durch?"

„Ja sicher", lachte Phillips, „es ist sehr interessant und informativ."

„Das freut mich. Dann los."

Whiteman nahm diesmal eine andere Route, die ausschließlich durch Wüstengebiet führte. Nach etwa einer Stunde tauchte vor ihnen eine perfekt aussehende Pyramide auf, doch der Professor fuhr daran vorbei und hielt ein paar hundert Meter weiter südlich auf einem Parkplatz. Hier stand ein merkwürdig aussehendes Gebilde.

„Das ist die sogenannte Knickpyramide. Snofru

gab sie in Auftrag, als die Pyramide in Meidum, die wir vorhin sahen, sich noch im Bau befand."

„Aber warum hat sie so eine seltsame Form? Sie wurde fast auf der Hälfte abgeknickt."

„Sie haben mit einem zu steilen Winkel von 54 Grad begonnen und dann festgestellt, dass die Statik nicht hinhaut. Danach flachten sie den Winkel auf 43 Grad ab. Snofru gab dann noch eine Pyramide in Auftrag und die sehen wir dort hinten. Das ist die rote Pyramide, von der ich Ihnen gestern schon erzählte."

„Die sieht genauso aus, wie die große Pyramide in Gizeh."

„Bis auf die Neigung. Die beträgt nur 43,22 Grad. Wahrscheinlich wollte man den Fehler von dieser hier nicht
wiederholen und hat gleich mit einem flacheren Winkel begonnen. Gehen wir hinüber. Ich möchte Ihnen noch etwas zeigen."

Auf der Nordseite der Pyramide angekommen, wies Whiteman nach oben.

„Dort hinauf müssen wir. da ist der Eingang. Ich muss Sie vorwarnen. Dahinter ist ein sehr niedriger Gang. Er ist nicht einmal einen Meter hoch und führt über sechzig Meter ziemlich steil nach unten."

Phillips hatte das Gefühl, dass der Gang nie enden würde und sein Rücken schmerzte. Er atmete auf, als sie am Ende des Gangs hinter einem kurzen Korridor plötzlich in einer hohen Kammer standen.

„Das sieht ja aus wie die große Galerie."

„Genau. Deswegen wollte ich es Ihnen unbedingt noch zeigen. Weiter hinten gibt es noch so eine Kammer, die ebenfalls ein solches Kraggewölbe hat."

Phillips machte wieder einige Fotos, dann verließen sie die Pyramide. Sein Magen rebellierte lautstark, als sie wieder im Freien standen.

„Könnten wir auf dem Rückweg etwas essen gehen?"

„Natürlich, wollte ich Ihnen auch gerade vorschlagen. Wenn es Ihnen nichts ausmacht, essen wir in Gizeh. Dauert ja nicht mehr als vierzig Minuten."

„Gerne, ich richte mich nach Ihnen."

Whiteman hielt vor dem Restaurant, in dem sie schon am Vortag gegessen hatten. Sie bestellten sich beide eine Platte mit gegrilltem Fisch, Garnelen, Reis und Sesampaste.

Nach diesem hervorragenden Essen, bei dem sie sich nur über Allgemeines unterhielten, ergriff der Professor wieder das Wort.

„Sie konnten sich nun einen Eindruck über die Entwicklung des Pyramidenbaus verschaffen. Die meisten meiner Kollegen sind der Auffassung, dass eben jene Entwicklung grob gesagt mit der Stufenpyramide des Djoser begann, mit der Pyramide von Meidum und der Knickpyramide fortgesetzt wurde und mit der roten Pyramide so eine Art Vollendung hatte, bevor die perfekte Pyramide hier auf dem Plateau errichtet wurde. Meine Theorie, auf die Sie sicher schon die ganze Zeit warten, ist eben vollkommen konträr. Ich gehe davon aus, dass diese Pyramiden dort drüben schon lange vorher standen und die Pharaonen der dritten und vierten Dynastie versuchten sie nachzubauen was, wie man sehen konnte, offensichtlich nicht so einfach war."

„Soweit verstehe ich das, aber warum sollten sie das tun?"

„Versetzen Sie sich in diese alte Kultur. Da stehen auf einem Plateau drei perfekte Pyramiden, die auch noch mit polierten Platten aus Kalkstein verkleidet waren und in der Sonne glänzten. Man sagt, dass die Spitzen vergoldet waren. Das muss ein imposanter Anblick gewesen sein. Für diese Menschen waren das Heiligtümer. Da die Pharaonen als gottgleich galten, wollten sie etwas Ähnliches für sich und Ihren Gott, den Sonnengott Re erschaffen und keineswegs als Grabstätten. Man hat ja, wie schon gesagt, in keiner Pyramide irgendetwas gefunden, was darauf hindeuten würde. Keine Bemalung, keine Mumien, keine Grabbeigaben. Nicht einmal die Reste davon, wie sie nach Plünderungen übrig bleiben. Nur in den ersten der vorhin gesehenen Pyramiden gab es Schriftfragmente."

„Das ist allerdings eine sehr interessante Theorie und auch für mich eine sehr schlüssige. Was bringt Sie denn zu dieser These und gibt es Ansatzpunkte, die auf das tatsächliche Alter dieser Pyramiden schließen lassen?"

„Das sind zwei wichtige Fragen, die ich Ihnen getrennt beantworten will. Haben Sie sich schon einmal gefragt, wie diese damalige Kultur vor 4500 Jahren es fertig gebracht haben soll über zwei Millionen Kalksteinblöcke, jeder zwischen einer und drei Tonnen schwer, in weit über 200 Lagen und über 140 Meter hoch aufzustapeln? Und das ohne größere mechanische Hilfsmittel? Die Granitblöcke der sogenannten Königskammer wogen teilweise vierzig bis siebzig Tonnen und mussten in eine Höhe von etwa siebzig Meter transportiert werden. Diese Leute hatten nur primitive Werkzeuge aus Stein oder Bronze. So etwas wie ein Flaschenzug war auch schon bekannt, aber solche Gewichte und in dieser Menge waren so nicht zu bewältigen."

„Ich habe einmal gelesen, die alten Ägypter hätten Rampen gebaut und die Steine über Holzrollen nach oben geschafft."

„Ja, das ist die landläufige Erklärung", grinste Whiteman, „die aber einer genauen Betrachtung nicht standhält."

„Inwiefern? Ich bin nur ein Laie."

„Wie hätte man die Rampe konstruieren müssen, um diese Gewichte darüber zu transportieren? Man hätte sie nicht einfach aus Sand aufschütten können, schon gar nicht in dieser Höhe. Man hätte sie, wie die Pyramide selbst auch, aus Stein errichten müssen. Dafür wäre mehr Masse erforderlich gewesen, als für die gesamte Pyramide. Und was noch dagegen spricht, wäre die Größe einer solchen Rampe."

Whiteman zog sein Notizbuch aus der Tasche.

„Gehen wir einmal von den oberen Lagen aus und setzen eine Höhe von 140 Metern an. Um es einfacher zu machen nehmen wir einen Winkel β von 90 Grad und einen Winkel α von 10 Grad, dann wäre die Rampe 806 Meter lang. Rechne ich die Neigung der Pyramide mit, ist sie noch länger und das bei einer Steigung von 10 Grad. Wie hätten es die Menschen schaffen sollen über zwei Millionen Steinblöcke mit diesem Gewicht eine so steile Rampe hinaufzuschaffen? Auch wenn sie anfänglich nicht so steil war, man hätte sie auch ständig umbauen und erweitern müssen."

„Leuchtet ein. Die Rampe hätte viel flacher sein

müssen und damit noch länger."

„Richtig. Wir hatten es einmal ausprobiert und versucht einen Kalksteinblock von etwa knapp einer
Tonne eine kleine Sandrampe hinauf zu ziehen. Sechs
Männer mit starken Transportgurten hatten ihre liebe
Mühe und das waren nur vier bis fünf Meter. Dazu
käme dann noch der Transportweg hierher. Über
Land wäre dies nicht möglich gewesen und der Nil
liegt etwa acht Kilometer östlich. Einige Kollegen behaupten, man hätte die Rampe um die Pyramide her-
umgebaut - sie wäre quasi mitgewachsen - und hin-
terher wieder abgerissen. Aber dieser Aufwand hätte
noch mehr Zeit und Material gekostet. Bauen Sie mal
eine Straße in einen Steilhang."

„Stimmt. Das halte ich auch für nicht möglich."

„Und dann noch der Zeitfaktor. Wie hätte diese Pyramide mit einem solchen Aufwand und ohne mechanische Hilfe in so relativ kurzer Zeit erbaut werden
können? Wenn Sie normal gehen, benötigen Sie für
diese Strecke etwa acht bis zehn Minuten. Bei einer
Steigung von zehn Grad entsprechend länger. Wie
lange hätten diese Menschen denn dann benötigt um
Tonnen schwere Blöcke dort hinauf zu schaffen? Außerdem hätten sie ja alle paar Meter anhalten müssen,
um die Holzrollen umzusetzen. Holz war außerdem
zu dieser Zeit knapp und teuer, da das ganze Gebiet

bis zur Sahara schon versandet war. Dann gibt es noch einen Aspekt, der die kurze Bauzeit, die laut der Meinung fast aller Kollegen nur etwa zwanzig Jahre betragen haben soll, mit primitiven Werkzeugen unmöglich macht."

„Und der wäre?"

„Das Plateau auf dem man die Pyramiden errichtete wurde komplett geglättet um die Basisplatte exakt waagerecht ausrichten zu können. Das ist eine Fläche von über zwanzig Footballfeldern die so genau nivelliert wurde, dass die größte Abweichung gerade einmal zwei Zentimeter beträgt. Wie soll das mit ein paar Bronzemeißeln und Steinwerkzeug möglich gewesen sein? Und angenommen sie hätten es geschafft alle zwanzig Minuten einen Block abzuliefern und einzubauen, was kaum bis gar nicht möglich war, hätten sie über hundert Jahre gebraucht um die Pyramide fertigzustellen. Hätte Chufu das als seine Grabstätte gesehen, hätte er verdammt alt werden müssen."

„Daran hatte ich noch gar nicht gedacht. So ist das nicht möglich gewesen."

„Schön, erinnern Sie sich noch an die Frage, warum die Gräber neben den Pyramiden angelegt wurden? Hier haben Sie noch einen Beweis dafür, dass sie später dort angelegt wurden. Denn diese Gräber entstanden nachdem das Plateau geglättet wurde, also nach dem Bau der Pyramiden. Nun zu Ihrer zweiten Frage. In der Tat gibt es weitere Ansatzpunkte, was die Entstehungszeit und den Zweck betrifft. Diese drei Pyramiden sind exakt nach den Himmelsrichtungen ausgerichtet und die Nordseite weicht nur minimal vom jetzigen Nordpol ab. Das bedeutet, die Pyramiden können auch nicht älter als etwa 12000 bis 13500 Jahre sein."

„Wieso das?"

„Weil davor der Nordpol viel weiter südwestlich lag. Die Pyramiden wären dann um etwa zwanzig Grad verdreht."

„Wie? Der Pol war einmal woanders?"

„Ja, es gibt in der Erdgeschichte immer wieder einmal Polverschiebungen, bedingt durch die Präzession der Erde. Was aber darauf hindeutet, dass die Pyramiden eben aus dieser Zeit stammen, ist die astronomische Ausrichtung. Sie stimmen genau mit der Position der drei Sterne im Oriongürtel überein. Sogar der kaum merkliche Versatz der kleinen Pyramide stimmt. Würden alle drei auf einer Achse stehen, würde es nicht mehr passen. Alnitak ist die Große Pyramide, Alnilam die mittlere und Mintaka die kleine. Und nun noch eines der stärksten Argumente. Der Schacht in der Verlängerung der Königinnenkammer zeigt genau auf Sirius A im Sternbild Canis Major, der

Schacht in der Verlängerung der Königskammer zeigt auf eben diesen Stern Alnitak im Sternbild Orion, aber da wo die beiden vor etwa 12500 Jahren am Himmel standen. Ein weiterer Schacht aus der Königinnenkammer weist auf das Sternbild Ursa Minor und ein anderer Schacht aus der Königskammer zeigt auf den Stern Alpha im Sternbild Draconis, aber eben auch wo sie damals am Himmel standen. Dazu kommt noch, dass die eben genannten drei Sterne des Oriongürtels auf den Sirius A zeigen. Man sieht, dass diese beiden Sternbilder den Ägyptern sehr wichtig waren, da sie den Göttern Isis und Osiris zugeordnet wurden. Und noch etwas. Zu dieser Zeit blickte die Sphinx genau ins Zentrum des Sternbildes Leo oder Löwe. Mehr Beweis geht wohl kaum."

„Sehe ich auch so, aber wie kann man das feststellen?"

„Ein Kollege in Chicago lehrt Astronomie und hat ein Computerprogramm, mit dem er fast alle Himmelskonstellationen der letzten Jahrtausende nachvollziehen kann. Ich gab ihm die Koordinaten und den Winkel. Damit konnte er es genau berechnen."

„Ich bin beeindruckt und ich bin vollends von Ihrer Theorie überzeugt."

„Aber leider nicht die Archäologie. Die Kollegen halten das alles für Hirngespinste."

Phillips beglich die Rechnung und sie verließen das Lokal.

„Wenn Sie noch etwas Zeit haben und noch aufnahmefähig sind, möchte ich Ihnen gerne noch etwas zeigen, was die Theorie stützen würde."

„Ja natürlich. Gerne."

Sie gingen das kurze Stück hinüber zur Sphinx. Phillips erstarrte fast in Ehrfurcht vor dieser imposanten Kolossalstatue.

„Eindrucksvoll, nicht wahr? Aber was ich Ihnen zeigen wollte, sehen wir unten am Rand."

Langsam umrundeten sie die riesige Statue und Phillips kam sich dagegen vor wie eine kleine Spielzeugfigur.

„Sehen Sie hier am Fundament diese Erosionsfurchen? Und hier an der Umfassungsmauer auch?"

„Ja. Was hat es damit auf sich?"

„Die meisten Archäologen datieren die Sphinx auf das gleiche Alter wie die Pyramiden, also etwa 4500 Jahre. Angeblich hätte Pharao Chefren sie erbaut. Von ihm soll auch die mittlere Pyramide stammen…"

„…was ja nicht stimmen kann, wie Sie mir vorhin plausibel erklärten."

„Genau. Sie behaupten, diese Erosionen kämen vom Sand, der die Furchen gefräst hätte. Nun haben Geologen sich die Sache angesehen und kommen übereinstimmend zu dem Schluss, dass diese Erosionsfurchen durch anhaltend langen Wassereinbruch erzeugt wurden. Nur hat es hier in den letzten 4500 Jahren niemals genügend geregnet, um dieses Erosionsbild zu erzeugen. Einer dieser Experten hat nachgewiesen, dass es letztmals vor etwa 10500 Jahren entsprechende Wassermengen gegeben hat. Danach ist hier alles langsam versandet. Es gibt schriftliche Hinweise darauf, dass die Sphinx, ebenso wie der Isis Tempel bereits zu Chufus Zeiten versandet waren und er den Tempel restaurierte. Dazu kommt noch die Tatsache, dass die Sphinx, als Napoleon 1798 hierher kam, bis zum Kopf im Sand steckte. Dann hätte man die Erosionsfurchen oben und nicht am Fundament sehen müssen."

„Was Ihre Theorie ja stützen würde."

„Ja, eigentlich schon, aber nachdem diese Ergebnisse veröffentlicht wurden, haben die hiesigen Behörden weitere Forschungen an der Sphinx untersagt. Da steckt natürlich der Kollege Abbas dahinter. Ich hatte Ihnen ja schon von ihm erzählt."

„Kann man nicht dagegen vorgehen?"

„Leider nicht. Er kontrolliert hier alles und jeden. Was ihm nicht in den Kram passt, wird untersagt. Wenn man es sich mit ihm verscherzt hat, ist die Grabungslizenz futsch. Kommen Sie, fahren wir noch kurz zu meiner Ausgrabungsstätte. Ich möchte nur kurz sehen, ob es etwas Neues gibt. Danach bringe ich Sie ins Hotel."

5

Das Artefakt

Whiteman stellte den Land Rover neben dem Grabungszelt ab und sofort kam ein junger Mann aufgeregt auf sie zugelaufen. Er trug Jeans, ein weißes Hemd und einen beigen Strohhut mit breiter Krempe.

„Darf ich Ihnen meinen Assistenten vorstellen. Das ist Falih Abdelaziz, er war mein Student in Chicago. Einer meiner besten. Er stammt von hier und hatte ein Stipendium. Er unterstützt mich hier schon seit zwei Grabungsperioden."

„Freut mich, Mr. Abdelaziz."

„Sagen Sie einfach Falih."

„Gut, danke Falih, ich bin Mark."

Der junge Mann wandte sich wieder Whiteman zu.

„Professor, wir haben etwas gefunden, was Sie sich unbedingt ansehen müssen", berichtete der junge Mann aufgeregt. „Kommen Sie bitte mit ins Zelt."

Whiteman und Phillips folgten ihm in das Grabungszelt. Dort lag in einem Kasten das Fragment einer silbrig glänzenden Metallplatte auf deren Oberfläche seltsame Zeichen eingraviert waren. Der Professor zog sich ein Paar Handschuhe an, nahm das Teil vorsichtig aus dem Kasten und betrachtete es ehrfürchtig von allen Seiten.

Δ Κ Ψ ∧∨ Ρ ꓤ Κ ꓶ ∞

„Es ist erstaunlich leicht, aber ich glaube nicht, dass es aus Aluminium ist. Einige Zeichen darauf erinnern an unser Alphabet, wie das K und das R, Δ könnte aus dem Griechischen stammen. Die anderen habe ich so noch nie gesehen, mit Ausnahme der *Lēmnískos* – der liegenden Acht. Eines steht aber fest, sie sind nicht Ägyptisch, aber sie haben eine entfernte Ähnlichkeit mit der *himjaritischen* Schrift. Wo habt ihr das gefunden?"

„Nördlich der Umfassungsmauer des Tempels auf der Ostseite der Pyramide. Wir sollten ja nach Hinweisen suchen, dass der Tempel älter ist, als die Grabstätten auf der östlichen Seite der Pyramiden. Das Stück lag in einer Art steinerner Kiste in etwa zwei Metern Tiefe."

„Sehr gut Falih."

Whiteman untersuchte das Artefakt genauer von allen Seiten.

„Sehen Sie die Seiten und Kanten? Bis auf eine

Seite, die offenbar abgeschnitten wurde, ist alles exakt bearbeitet. Also kein Trümmerteil von irgendetwas. Es könnte ein Schild sein. Fragt sich nur von was? Hier Falih, verwahren Sie es gut. Wir werden es von Experten noch genauer untersuchen lassen."

„Sehr seltsam", meinte Phillips, „diese Zeichen sehen aus wie aus einem Science-Fiction Film."

„Da liegen Sie vielleicht gar nicht so verkehrt, mein Freund."

Phillips sah den Professor erstaunt an.

„Wie meinen Sie das? Glauben Sie, dass dieses … was auch immer es sein mag, nicht irdischen Ursprungs ist?"

„Es könnte durchaus sein. In alten sumerischen Texten wird von den Anunnaki berichtet. Geflügelten Göttern die vom Planeten Nibiru auf die Erde kamen und den Sumerern ihr Wissen vermittelten. Die Prä-Astronautiker glauben, dass es sich dabei um Außerirdische handelte und *geflügelt* bedeutet, dass sie zur Erde geflogen sind. Vielleicht waren sie vor langer Zeit auch hier, wer weiß? Ähnliche Texte gibt es auch im Buch Ezechiel, im Alten Testament, im Buch Henoch, das zu den Apogryphen Schriften zählt und in der Kabbala. In alten indischen Texten ist von dem Vimana die Rede, einem Fahrzeug mit dem die Götter flogen. Auch in Mittel- und Südamerika gibt es ähnliche Hinweise. Wenn es, wie Falih sagte, in einer steinernen Kiste lag, wurde es wohl sorgsam dort deponiert. Irgendwer sollte es wohl finden, wenn die Zeit dafür reif ist. Zuerst lassen wir einmal das Material im Labor bestimmen. Wenn es möglich ist, auch das Alter. Danach werde ich es einem Freund von mir zeigen. Er lehrt an der Princeton University und er ist Prä-Astronautiker. Vielleicht kann er etwas damit anfangen."

„Dann meinen Sie es also ernst?"

„Und ob. Ich möchte Ihnen noch ein kleines Geheimnis verraten, aber Sie bitten es noch für sich zu behalten."

„Natürlich, wenn Sie es wünschen."

„Im letzten Jahr, als ich noch in der Pyramide arbeiten durfte, haben wir im Inneren Untersuchungen mit einem Geo-Radar durchgeführt. Dabei entdeckten wir mehrere Anomalien, die auf verborgene Kammern hindeuten. Eine davon liegt offenbar direkt über der großen Galerie und hat ähnlich große Ausmaße. Eine weitere im Bereich der unteren Kammer. Außerdem fanden wir noch energetische Anomalien. Bei Bekanntwerden der Ergebnisse wurden weitere Untersuchungen untersagt."

„Was glauben Sie denn in diesen Kammern zu finden?"

„Vielleicht die Antwort auf die Entstehung dieser Pyramiden, oder einen Hinweis auf ihre Erbauer. Vielleicht auch das Wissen über verschollene Kulturen, oder über die Entstehung der Menschheit. Vielleicht müssten dann alle Geschichtsbücher umgeschrieben werden. Wer weiß?"

„Wow! Das klingt spannend und unheimlich zugleich. Ich denke, ich werde meinen Aufenthalt hier verlängern."

„Schön, dass ich Sie dafür begeistern konnte."

„Darf ich ein Foto von diesem Artefakt machen?"

„Wenn Sie versprechen es noch nicht zu veröffentlichen. Ich möchte erst die Untersuchungsergebnisse abwarten."

„Versprochen."

Falih war gerade damit beschäftigt das Fundstück mit einem feinen Pinsel von Sandresten und Schmutz zu befreien. Phillips machte ein paar Fotos und wurde dann von Whiteman zurück in sein Hotel gefahren.

„Vielen Dank Professor, das war ein wirklich atemberaubendes Erlebnis. Wir sehen uns dann morgen."

„Würde es Ihnen etwas ausmachen, wenn ich Sie nicht abhole? Wir haben nun sehr viel zu tun. Ich werde das Stück gleich noch ins Labor nach Kairo bringen und wahrscheinlich dort auf das Ergebnis warten."

„Nein, keineswegs. Etwas Bewegung tut mir bestimmt auch gut."

„Ich werde Ihnen noch etwas verraten, aber das hat Zeit bis morgen. Jetzt wäre es wohl zu viel des Guten."

„Dann bin ich gespannt. Kann es kaum erwarten."

**

Zurück in seinem Hotelzimmer begann Phillips alles Gesehene und Gehörte zu notieren und in einen Kontext zu bringen. Dann überspielte er die Fotos auf seinen Laptop und schickte sie, versehen mit einigen Notizen, an seinen Chefredakteur.

Nach dem Abendessen saß er auf der Terrasse und betrachtete wieder das seltsame Spektakel der kitschigen Illumination der Pyramiden. Business as usual.

6

Verschwunden

Am nächsten Morgen fand Phillips auf seinem Handy eine kurze Nachricht seines Chefs:

„Sieht interessant aus. Bleiben Sie dran."

Diese Reaktion hatte er erhofft. Nachdem er ausgiebig geduscht und sich angekleidet hatte, gönnte er sich ein opulentes Frühstück. Er war auch schon gespannt was dieser Tag wieder für ihn zu bieten hatte und was der Professor ihm verraten wollte. Was wäre, wenn Whiteman tatsächlich mit seiner These recht behielt? Nicht auszudenken und er selbst wäre dabei wenn die Geschichte neu geschrieben würde. Quasi ein Zeitzeuge.

Voller Tatendrang machte er sich auf den Weg zur Grabungsstätte. Es war schon recht warm um diese Zeit und er war ziemlich verschwitzt, als er das Zelt erreichte.

Irgendetwas schien dort nicht zu stimmen. Die Grabungshelfer standen in kleinen Gruppen herum und diskutierten aufgeregt. Niemand schien zu arbeiten. Dann kam Falih völlig aufgelöst auf ihn zu gerannt.

„Mr. Phillips … Mr. Phillips, haben Sie den Professor gesehen?"

„Nein, wir waren hier verabredet. Ist er denn nicht da?"

„Nein, eben nicht. Er muss zwar noch einmal hier gewesen sein nachdem er aus Kairo zurück war, aber nun ist er unauffindbar."

„Vielleicht ist er kurz irgendwohin gefahren und kommt gleich wieder", meinte Phillips, aber sehr überzeugend klang es nicht.

„Ausgeschlossen. Der Wagen steht dort hinten. Wenn, müsste er hier irgendwo sein. Außerdem ist sein Schlafplatz unberührt."

„Wann haben Sie denn gemerkt, dass er weg ist?"

„Gegen sieben Uhr etwa. Ich war früh auf und als ich den Wagen sah, wollte ich ihn fragen, ob die Untersuchung etwas ergeben hätte. Ich konnte ihn aber nirgendwo finden. Dann dachte ich, dass er vielleicht noch schläft…"

Phillips sah auf seine Uhr. Es war schon fast zehn. Der Professor war demnach schon mehr als drei Stunden verschwunden. Dann fiel ihm etwas ein.

„Was ist mit dem Artefakt?"

„Was soll damit sein?"

„Ist es noch da?"

Falih erschrak und rannte ins Zelt. Kurz darauf erschien er mit hängenden Schultern.

„Es ist weg. Aber warum sollte der Professor es mitnehmen?"

Langsam wurde es Phillips klar, was hier geschehen ist.

„Er hat es nicht mitgenommen. Es wurde höchstwahrscheinlich gestohlen und der Professor könnte entführt worden sein. Wo wurde das Artefakt aufbewahrt?"

„In einem Schrank neben dem Schreibtisch des Professors."

„Darf ich ihn sehen?"

„Natürlich. Kommen Sie bitte mit."

Phillips inspizierte die Schranktür.

„War der Schrank eben verschlossen, als Sie nachsahen?"

„Nein, die Tür war nur angelehnt."

„Er wurde offenbar aufgebrochen. Sehr professionell, aber trotzdem sichtbar. Sehen Sie hier."

Phillips zeigte Falih die kaum sichtbaren Spuren am Schloss.

„Aber dieses Schloss ist ja auch nicht gerade Fort Knox. Gibt es Sicherheitskameras?"

„Nein, nicht hier am Zelt. Das war auch bisher nicht nötig. Außerdem gibt es ja noch bewaffnetes Wachpersonal, die das ganze Areal Tag und Nacht bewachen."

„Dann werden wir die mal informieren müssen, aber vorher würde ich mich gerne etwas umsehen, wenn ich darf."

„Natürlich."

Phillips untersuchte akribisch den Schreibtisch und den aufgebrochenen Schrank nach Hinweisen, die ihnen weiterhelfen könnten, während Falih nervös im Zelt auf und ab lief.

In einer Schublade fand er ganz hinten ein kleines, in Leder gebundenes Buch.

„Was ist das?", fragte er Falih.

„Dies ist das Notizbuch des Professors. Darin führte er so eine Art privates Grabungstagebuch."

„Darf ich mir das ausleihen?"

„Ja, ich denke er hätte nichts dagegen", meinte Falih nach kurzem Zögern.

„Danke, vielleicht finde ich darin etwas Aufschlussreiches, was uns auf seine Spur führen könnte."

„Sie glauben also, dass er wirklich entführt wurde?"

„Es sieht zumindest alles danach aus. Jetzt müssen

wir die Behörden informieren. Es wäre hilfreich wenn Sie mitkämen. Ich weiß nicht ob die Wachen Englisch sprechen und ich kann kein Wort Arabisch."

„Etwas können sie schon, aber ich gehe besser mit."

Sie eilten zu einem der Wächter, der mit einer lässig umgehängten Kalaschnikow am Fuß der großen Pyramide patrouillierte und eine Zigarette rauchte. *„Sabah alkhayr"*, begrüßte er Falih.

„Sabah alkhayr. Sprichst du Englisch?"

„Ja, was kann ich für euch tun?"

„Seit wann sind sie hier?", übernahm Phillips.

„Seit sieben Uhr. Warum?"

„Ist Ihnen etwas Ungewöhnliches aufgefallen? Zum Beispiel drüben am Zelt?"

„Nein, warum fragt ihr das?"

„Weil der Professor verschwunden ist", erwiderte Falih aufgeregt.

„Mmh, vielleicht ist er nur irgendwohin gefahren", meinte der Wachmann gleichgültig. „Ich weiß von nichts und der Nachtdienst hat mir nichts gesagt."

„Na gut, danke."

Sie gingen zurück zum Zelt.

„Was machen wir nun?", wollte Falih wissen. Er schien mit der Situation völlig überfordert zu sein.

„Rufen Sie zuerst einmal die Polizei."

Der junge Mann zog sein Handy aus der Tasche

und informierte die Behörden.

„Sie kommen gleich. Würde es Ihnen etwas ausma-chen hier zu bleiben?"

Die Frage hatte schon etwas Flehendes.

„Nein, natürlich nicht. Ich bleibe selbstverständlich hier. Auch ich möchte wissen was geschehen ist. Aber Sie sollten die Arbeiten ganz normal weiterlaufen las-sen. Sonst fallen wir hier vielleicht zu sehr auf. Bis wir etwas Genaueres wissen, sollten Sie auch die Grabung leiten."

„Sie haben recht. Das hätte der Professor bestimmt auch so gewollt."

Falih ging gleich hinaus und instruierte die Gra-bungshelfer, die sofort die Arbeit wieder aufnahmen.

Unterdessen blätterte Phillips in dem Tagebuch. Es enthielt nicht nur Notizen und Skizzen zur Ausgra-bung, sondern auch noch viele Seiten mit Vermutun-gen und Ergebnissen, die seine Theorie zur Entste-hung und zum Alter der Pyramiden und der Sphinx betrafen und die er ihm noch nicht verraten hatte. Wahrscheinlich hatte er das damit gemeint, als er am Vorabend sagte: *„Ich werde Ihnen noch etwas verraten, aber das hat Zeit bis morgen…"*

Phillips sah auf die Uhr. Es waren schon über drei-ßig Minuten vergangen seit Falih die Polizei angeru-fen hatte. Was bedeutet denn bitteschön bei denen ‚wir *kommen gleich'*?

Er steckte das Buch ein und ging hinüber zur Grabungsstätte.

„Die wollten doch sofort kommen, oder?", fragte er Falih.

„Ja, aber *gleich* hat hier eine andere Bedeutung als in den USA. Hier gehen die Uhren noch anders."

„Ach so, dann werden wir wohl warten müssen. Und noch etwas, bitte kein Wort über das Buch! Ok?"

„Gut, wenn Sie es sagen. Aber ich verstehe nicht…"

„Darin sind nicht nur Grabungsnotizen, sondern auch noch streng geheime Aufzeichnungen. Falls er entführt wurde, ist dieses Buch vielleicht seine Lebensversicherung. Wenn die Entführer davon Wind bekommen, wollen sie es haben."

Falih wurde blass.

„Oh, dann haben sie es einfach übersehen…"

„…oder hatten keine Ahnung davon. Wenn nun die Polizei davon erfährt könnte es sein, dass die Hintermänner der Entführung es auch mitbekommen."

„Sie meinen, die Polizei steckt da mit drin?", fragte Falih ungläubig.

„Nein, das muss nicht unbedingt sein, aber wer hat bisher die Forschung von Professor Whiteman torpediert? Wer verweigerte ihm weitere Forschungen in der Pyramide und wer ließ ihn wegen der Lizenz zappeln? Das war dieser Abbas und wenn der solch eine Macht hat, dann wäre es doch möglich, dass sich seine Behörde und die Polizei austauschen."

„Stimmt, da haben Sie recht. Und nun?"

„Gehen wir zurück und warten dort."

Nach fast einer Stunde erschien dann ein Fahrzeug der Polizei und hielt vor dem Zelt. Zwei Männer in Uniform stiegen aus. Falih ging auf sie zu, während Phillips sich zurückhielt. Die beiden Polizisten redeten eine Weile gestenreich auf Falih ein, dann kamen sie ins Zelt.

„Sie sind also ein Freund vom Professor?", fragte einer der Männer Phillips in holprigem Englisch.

„Ja, er hatte mich eingeladen. Ich bin Journalist und schreibe über seine Arbeit."

„So, so, ein Journalist."

Dann wandte er sich wieder Falih zu.

„Wo war das Teil, was gestohlen wurde?"

„Hier im Schrank."

Die beiden Polizisten untersuchten kurz und nicht besonders gründlich das aufgebrochene Schloss.

„Was war das für ein Fundstück?"

„Das war…"

„…ein Metallfragment", ergänzte Phillips schnell. Sie sollten nicht zu viel preisgeben.

„War es wertvoll?"

„Wissen wir noch nicht. Es wurde noch nicht untersucht."

„Gut, das war es dann vorerst. Seien Sie vorsichtig, Mr. Journalist."

„Was war das denn jetzt?", fragte Falih, nachdem die Polizisten wieder abgefahren waren.

„Ich schätze, das klang wie eine Drohung."

Phillips grübelte einen Moment lang vor sich hin.

„Sie sagten, der Professor sei aus Kairo wieder zurück gewesen."

„Ja, warum?"

„Wo sind dann die Untersuchungsergebnisse? Er wollte doch darauf warten."

„Die müssten dann im Schrank oder in seinem Schreibtisch sein."

„Dann lassen Sie uns nachsehen."

Die beiden drehten jedes Stück Papier um, was sie finden konnten, sahen in jedem Buch nach, aber die Untersuchungsergebnisse blieben verschollen.

„So ein Mist!", schimpfte Falih.

Da kam Phillips eine Idee.

„Wissen Sie zufällig zu welchem Labor er wollte?"

„Ja, die haben schon öfter für uns gearbeitet."

„Super! Dann rufen Sie dort an und lassen sich die Analyse geben."

Für Phillips stand es fest. Whitemans Leute hatten

etwas gefunden, was sie nicht hätten finden dürfen. Jetzt versuchte, wer auch immer dahinter steckte, alle Spuren zu verwischen.

Das Artefakt gestohlen, die Labor Ergebnisse offenbar auch. Der Professor entführt oder vielleicht sogar… nein, daran wollte er nicht denken. Das einzige, was sie noch nicht hatten, war das Notizbuch. Würden sie davon erfahren, wären auch Falih und er selbst in höchster Gefahr.

Kurz darauf hatte Falih sein Telefonat beendet.

„Wir haben Glück. Sie schicken uns die Ergebnisse nochmals per E-Mail."

„Sehr gut. Haben Sie hier Empfang?"

„Ja."

Phillips überlegte kurz.

„Was ist mit dem Laptop des Professors? Haben die es auch mitgenommen?"

„Nein, wir haben uns eins geteilt. Es steht bei mir auf dem Schreibtisch."

„Dann nahmen sie wohl an, er hätte keinen Computer. Unser Glück. Haben Sie Zugriff auf seine Dateien?"

„Ja sicher. Hier gibt es keine Geheimnisse."

„Sehr gut. Vielleicht ist da noch etwas zu finden, was uns weiterhilft. Ich gehe zurück zum Hotel und werde mich mit den Aufzeichnungen beschäftigen.

Ich komme später wieder."

***

Phillips hatte ein kurzes Mittagessen eingenommen. Nun saß er auf der Terrasse, trank einen Kaffee und beschäftigte sich mit Whitemans Notizbuch.

Es war nicht gegliedert, sondern die Einträge sprangen zwischen verschiedenen Themen hin und her. Es würde Zeit brauch um dies alles in einen Kontext zu bringen. Nur Zeit war genau das, was sie gerade nicht hatten.

Er würde notgedrungen versuchen müssen die Themen herauszufiltern, die mit der Entführung zu tun haben könnten. Doch zuerst musste er wieder zur Ausgrabungsstätte zurück. Das Laborergebnis sollte mittlerweile eingetroffen sein und er war gespannt, was die Untersuchung ergeben hatte.

***

Phillips traf Falih im Zelt an. Er saß an seinem Schreibtisch über ein paar Schriftstücke gebeugt.

„Sind die Laborergebnisse jetzt da?"

Falih blickte erschreckt auf.

„Oh, Mr. Phillips…"

„Mark, bitte."

„Ok. Ja, sie sind vorhin gekommen und ich habe sie gleich ausgedruckt. Doch für mich ergibt das alles keinen Sinn."

„Darf ich mal sehen?"

„Sicher."

Falih reichte ihm ein paar Seiten von seinem Schreibtisch und Phillips las Zeile für Zeile mit wachsendem Interesse.

„Doch, das ergibt einen Sinn. Der Professor hatte recht. Ich denke das ist der Grund seiner Entführung."

„Ich verstehe nicht...was hat es denn damit auf sich?"

„Hier steht, dass dieses Artefakt aus einer bislang unbekannten Legierung besteht und mit einer hauchdünnen Schicht aus 99,99 prozentigen Aluminium überzogen ist."

„Also doch aus Alu."

„Ja, aber hauchdünn auf einer nicht definierbaren Legierung aufgebracht. Die gewünschte Altersbestimmung wird nachgereicht. Ich muss einen Anruf tätigen. Das will ich jetzt genau wissen."

Er zog sein Handy aus der Tasche und wählte die Nummer von Professor George Gemmlin. Dann sah er auf die Uhr. In Washington war es jetzt Vormittag und Gemmlin würde bestimmt in der Uni sein. Und tatsächlich meldete er sich sofort.

„Hallo Professor, ich hoffe ich störe Sie nicht?"

„Mr. Phillips, schön einmal wieder etwas von Ihnen zu hören. Bin gerade auf dem Weg zu einer Vorlesung. Womit kann ich denn diesmal helfen?"

„Vor mir liegt der Laborbefund eines Artefakts, was gestern hier in Ägypten gefunden wurde und…"

„…Sie sind in Ägypten?"

„Ja, auf Einladung von Professor Whiteman."

„Oh, den kenne ich. Sehr fähiger Mann. Eckt öfter mal an mit seiner Meinung."

„Richtig. Was ich Ihnen nun sage ist streng vertraulich."

„Wie immer bei Ihnen", lachte Gemmlin.

„Whiteman hat etwas gefunden das weder er, noch jemand anderes erklären kann. Nun wurde er offenbar heute früh entführt und das Artefakt gestohlen. Er hatte es gestern noch in einem Labor untersuchen lassen und der Bericht gibt uns weitere Rätsel auf."

„Du lieber Himmel! Ich hoffe die Polizei findet ihn schnell."

„Ich glaube deren Interesse ist nicht besonders groß."

„Verstehe. Was steht den in dem Befund?"

„Es handelt sich um eine ultraleichte Metallplatte mit merkwürdigen Zeichen darauf. Laut Labor besteht die Platte aus einer völlig unbekannten Legierung und ist mit einer hauchdünnen Schicht aus 99,99 prozentigen Aluminium überzogen."

„Oh! Und das hat er wo gefunden?"

„Neben der großen Pyramide von Gizeh in einer Tiefe von zwei Metern, verstaut in einer Steinkiste."

„Dann dürfte das Teil wohl sehr alt sein und der Kollege hatte recht."

„Mit was?"

„Sie kennen ihn doch. Er ist der Ansicht, dass die großen Pyramiden von Außerirdischen Besuchern gebaut wurden, oder zumindest, dass sie daran beteiligt waren."

„Sie glauben das also auch?"

„Nachdem was in Ihrem Befund steht, muss man das wohl glauben, oder es gab eine hochentwickelte Zivilisation, von der wir nichts wissen. Da ist zum einen die unbekannte Legierung. Alle Legierungen können im Labor analysiert und zugeordnet werden. Wenn sie unbekannt ist, stammt sie aller Voraussicht nach nicht von dieser Welt. Und was das Aluminium betrifft – die Herstellung von Aluminium ist erst seit dem frühen neunzehnten Jahrhundert bekannt und es hat einen hohen Schmelzpunkt. Solche Temperaturen konnte man vor 4500 Jahren nur schwerlich erzeugen. Aber viel wichtiger ist der Reinheitsgrad. 99,99 Prozent sind Reinaluminium in Vollendung. Das ist selbst heute kaum realisierbar. Es gibt zwar mittlerweile Reinstaluminium von 99,7 oder sogar 99,9 Prozent, aber diese fehlenden 0,09 Prozent machen es aus."

„Jetzt warten wir noch auf die Altersdatierung."

„Ich schätze, da kommt nichts Genaues bei heraus. Die Radiokarbondatierung funktioniert bei solchen Metallen nicht und ob die anderen Methoden etwas Eindeutiges erbringen, wage ich zu bezweifeln."

„Vielen Dank Professor. Das hilft uns hier hoffentlich weiter."

Phillips stierte eine Weile gedankenverloren vor sich hin, bis ihn Falih unterbrach.

„Darf ich fragen mit wem Sie gesprochen haben?"

„Oh entschuldigung. Ja natürlich. Ich sprach mit einem Professor von der Uni in Washington. Er ist Physiker. Er ist auch der Meinung, dass dieses Artefakt nicht von dieser Welt sein kann. Er meinte, dass man alle Legierungen im Labor analysieren könnte, was im Umkehrschluss bedeutet, wenn man das nicht kann, gibt es sie hier nicht. Auch ist er der Meinung, dass der Reinheitsgehalt des Aluminiums in dieser Form nicht vorkommt."

„Dann haben wir hier tatsächlich einen so außergewöhnlichen Fund gemacht?"

„Ja, ich denke schon. So außergewöhnlich, dass man den Professor entführte und die Platte stahl um alles geheim zu halten. Fragt sich nun welche Fraktion dahinter steckt? Die Ägyptologen, die Altertümer Verwaltung, oder vielleicht sogar irgendein Geheimdienst? Wo sollen wir dann Anfangen?"

„Sie meinen wirklich, dass Kollegen dahinter stecken könnten?"

„Warum nicht? Er hat mir erzählt, wie er vonseiten der Schularchäologie angefeindet wurde. Was spräche also dagegen?"

Phillips überlegte einen Moment, dann zog er sein Handy wieder aus der Tasche und rief seinen Freund und Kollegen Ron Newman an.

„Hi Ron, wie geht's dir?"

„Hi Mark, wo steckst du? War vorhin bei dir zu Hause und in der Redaktion wollte mir auch niemand sagen wo du bist."

„Ich bin auf Einladung von Professor Whiteman in Ägypten."

„Ägypten? Hat der Alte das genehmigt?"

„Hat er. Hast du gerade was zu tun – ich meine etwas Wichtiges?"

„Ich soll eine Reportage über irgendwelche durchgeknallten Klimaaktivisten machen, die sich an dem Zaun eines Atomkraftwerks angekettet haben."

„Dann wird es dich freuen, dass ich dich hier brauche, und zwar sofort."

„Was? Wieso denn? Das geht doch nicht so einfach."

„Ich kann dir nicht alles am Telefon erzählen, nur

so viel, dass der Professor entführt wurde und ein besonderes Artefakt verschwunden ist."

„Wow! Aber der Alte bringt mich um, wenn ich ihn frage."

„Das regle ich schon. Setz dich in den nächsten Flieger und schreib mir 'ne SMS wann du in Kairo ankommst. Ich hole dich dann ab. Bis dann…"

Phillips hatte das Gespräch beendet, bevor Newman noch etwas erwidern konnte.

„Whiteman hatte mir etwas von einem *Chicago House* erzählt. Kennen Sie das?", wandte er sich dann an Falih.

„Sicher. Das ist in Luxor. So eine Art archäologisches Hauptquartier."

„Könnten Sie dort anrufen und fragen, ob jemand dort den Professor in den letzten Stunden gesehen hat?"

„Sie meinen…?"

„Ist nur ein erster Versuch. Irgendwo müssen wir ja anfangen."

Während Falih telefonierte, schrieb er eine Nachricht an Wilson und gab ihm ein Update der Ereignisse. Dabei unterstrich er wie wichtig es sei, dass Ron Newman nach Ägypten kommen müsse, um ihm zu helfen den Professor wiederzufinden. Wie auch immer die Antwort ausfallen sollte, es war ihm egal. Ron musste einfach kommen.

„Und?", fragte er, als Falih das Gespräch beendet hatte.

„Nichts. Am Tag unserer Ankunft hatten sie miteinander telefoniert, danach aber von ihm weder etwas gehört noch gesehen."

„Wäre auch zu schön gewesen. Überlegen wir einmal. Ist es unter Umständen denkbar, dass jemand von der Grabungsmannschaft dahinter steckt?"

„Nein, mit Sicherheit nicht", wehrte Falih den Verdacht ab. „Er ist sehr beliebt bei den Leuten. Die meisten von ihnen arbeiten schon lange für ihn. Im Gegensatz zu einigen anderen Grabungsleitern behandelt er die Leute sehr gut und bezahlt sie auch fair."

„Gut, dann streichen wir diese Möglichkeit. Dann weiten wir die Suche auf die Grabungsstelle aus. Könnten Sie es ermöglichen, dass die ganze Mannschaft alles systematisch absucht?"

„Ja, natürlich. Ich sage gleich Bescheid. Wir suchen die ganze Nekropole ab. Zumindest bis es dunkel wird."

***

Als die Dämmerung hereingebrochen war, hatten sie fast die ganze Nekropole ergebnislos abgesucht. Nur in den Pyramiden und Mastabas war eine Suche nun zu riskant. Das mussten sie auf den nächsten Tag verschieben.

Phillips wollte sich gerade auf den Weg zum Hotel aufmachen, als Falih ihn zurück rief.

„Es ist gerade eine E-Mail eingetroffen. Sie stammt von einem Professor Richmond von der Princeton University."

„Oh, das ist der Freund von Professor Whiteman, dem er diese Zeichen geschickt hatte. Was schreibt er denn?"

Falih reichte ihm den Ausdruck und Phillips überflog die Zeilen im Schein seiner Taschenlampe.

Der Professor schrieb, dass er ähnliche Zeichen schon einmal gesehen hätte, aber er schien sehr überrascht zu sein, dass solche Zeichen in Ägypten gefunden wurden. Er hatte vergleichbare Schriftzeichen bisher nur in Südamerika gesehen. Genauer gesagt in Ecuador und dort auch nur auf Fotos, die Teile einer geheimen Bibliothek aus Metall zeigen sollen. Entschlüsseln konnte sie bisher niemand. Auch er verwies, wie Whiteman, auf eine gewisse Ähnlichkeit mit der *himjaritischen* Schrift.

Jetzt wurde es total verworren. Phillips kratzte sich sein unrasiertes Kinn. Dann wandte er sich an Falih.

„Antworten Sie ihm bitte und teilen Sie ihm auch mit, was Professor Whiteman zugestoßen ist. Wir halten ihn auf dem Laufenden. Die Mail nehme ich mit."

Er war schon ein paar Schritte gegangen, als ihm noch etwas einfiel. Sofort eilte er zurück ins Zelt.

„Noch eine Frage, Falih. Wäre es möglich, dass ich mir den Wagen ausleihen kann. Nur damit ich meinen Kollegen abholen kann, falls er schon morgen ankommen sollte?"

„Aber natürlich. Hier sind die Schlüssel. Ich bin ohnehin hier und halte die Stellung."

„Vielen Dank. Ach, falls Sie einmal in einem richtigen Bett schlafen möchten, besorge ich Ihnen gerne ein Zimmer im Hotel. Sie sind eingeladen."

„Das ist sehr nett von Ihnen, aber ich muss hierbleiben. Ich möchte nicht, dass noch mehr entwendet wird und die Arbeit muss ich auch beaufsichtigen. Außerdem könnte es ja sein, dass ich irgendetwas vom Professor höre. Trotzdem herzlichen Dank."

„Ok, das verstehe ich. Das Angebot steht trotzdem. Wann immer Sie möchten. Gute Nacht."

7

Die Aufzeichnungen

Phillips saß in seinem Hotelzimmer und studierte aufmerksam die Aufzeichnungen des Professors. Er hatte es geschafft sie in mehrere Schwerpunkte zu unterteilen, die er mit kleinen Zetteln aus seinem Notizblock markierte.

Mit einem dieser Schwerpunkte befasste er sich nun intensiv. Es betraf die Geschichte der Pyramiden und der Sphinx.

Einiges davon hatte ihm Whiteman ja schon während ihrer Rundfahrt zu den anderen Pyramiden erzählt. Auch die Altersdatierung der Sphinx durch einen Geologen. Doch dann kam ein Abschnitt, der ihn sofort in seinen Bann zog.

Der Professor hatte ihm die dünnen Beweise aufgezählt, auf die sich die Behauptung der Archäologie stützt, dass Chufu der Erbauer der Großen Pyramide sei.

Da war der griechische Geschichtsschreiber Herodot, der Chufu Cheops nannte und über zweitausend Jahre nach dessen Regierungszeit behauptete, er wäre der Erbauer dieser Pyramide gewesen. Da gab es die Graffiti in den Entlastungskammern, die wohl nur eine Fälschung waren. Und es gab die Gräber von Chufus Angehörigen neben den Pyramiden, aber war das ein Beweis für ihn als Bauherren?

Die überwiegende Mehrheit der Archäologen ist der Meinung, dass diese Beweise ausreichend sind. Aber sind sie es auch wirklich? Was ist mit den anderen Beweisen, die das Gegenteil belegen. Sind die nichts wert?

Ein längerer Abschnitt in Whiteman Buch befasste sich mit dem Werk von *Ahmad ibn 'Ali al Maqrizi*. Er war ein arabischer Historiker und lebte vom Ende des 14. bis Anfang des 15. Jahrhunderts. In seinem berühmten Werk Hitat, in dem basierend auf allen verfügbaren Unterlagen und Erzählungen seiner Zeit die Geschichte und Topografie Ägyptens erzählt wird, gibt es auch ein Kapitel über die Pyramiden. Hier schrieb er unter Berufung auf den Lehrer *Ibrahim bin Wasif Sah al-Katib*, dass ein König namens Saurid die Große Pyramide erbaut hätte, nachdem er in den Sternen gelesen hatte, dass es eine große Naturkatastrophe geben würde. Darauf ließ Saurid, der auch als Hermes, als Thot, als Idris und bei den Hebräern als Henoch bekannt war, die Pyramide bauen. Hier zitierte der Professor den Abschnitt:

„Es gibt Leute, die sagen: Der ägyptische Thoth, welcher der 'Dreifache' in seiner Eigenschaft als Prophet, König und Weiser genannt wurde (er ist der, den die Hebräer Henoch den Sohn des Jared, des Sohnes des Mahalalel, des Sohnes des Kenan, des Sohnes des Enos, des Sohnes Seths, des Sohnes Adams - über ihm sei Heil - nennen, und das ist Idris), der las in den Sternen, dass die Sintflut kommen werde. Da ließ er die Pyramide bauen und alles, worum er sich sorgte, dass es verloren gehen und verschwinden könnte, bergen, um die Dinge zu schützen und wohl zu bewahren."

Und weiter hieß es:

„…und an ihren Decken und Wänden und Stelen alle Geheimwissenschaften aufgezeichnet und die Bilder aller Gestirne daran gemalt…auch wurden die Namen der Heilmittel verzeichnet…dazu die Wissenschaft der Arithmetik und Geometrie…deutbar für den, der ihre Schrift und Sprache kennt…um alles vor der Sintflut zu schützen…"

Phillips lehnte sich in seinem Sessel zurück und verschränkte die Arme hinter dem Kopf. Sollte sich das als wahr erweisen, was gab es denn so Wichtiges zu bewahren? War es das, was Whiteman in einer der Kammern vermutete?

Die Komplexität dieser Geschichte drohte ihn zu

erschlagen. Sollte er nicht lieber nach dem Professor suchen, statt sich mit der Historie dieser Pyramiden zu befassen? Aber vielleicht lag darin der Schlüssel zu der Entführung.

Was sollte er andererseits tun in einem fremden Land, dessen Sprache er nicht verstand? Die Polizei kümmerte sich hoffentlich darum, wobei er daran gewisse Zweifel hegte. Eine Abwechslung wäre jetzt gut.

Da fiel ihm ein, dass er heute noch nicht auf seinen Laptop geschaut hatte. Er hatte eine Antwort von Wilson bekommen:

„Meinetwegen, aber ich will jeden Tag einen Bericht. Sollte da nichts dran sein, zahlen Sie den Ausflug selbst und ich ziehe Ihnen die Tage vom Urlaub ab. Für Newman gilt das Gleiche.“

Phillips musste schmunzeln. Er wusste, dass es nicht so gemeint war. So war er halt. Dann zog er sein Handy aus der Tasche und sah, dass er schon vor längerer Zeit eine SMS von Ron Newman erhalten hatte.

„Sitze gleich im Flieger. Bin morgen früh da.“

Phillips sah auf die Uhr. Er musste schon unterwegs sein. Da das Telefon auf lautlos stand, hatte er nichts mitbekommen.

„Dann muss ich wohl früh raus", dachte er und stellte seinen Reisewecker.

Doch an Schlaf war jetzt nicht zu denken. Das, was er eben gelesen hatte, wühlte ihn zu sehr auf. Er nahm sich die Aufzeichnungen wieder vor.

Whiteman zitierte einen anderen arabischen Geschichtsschreiber namens *Abd al-Hakam*, der im neunten Jahrhundert lebte:

„Meiner Ansicht nach können die Pyramiden nur vor der Sintflut erbaut worden sein, denn wären sie nachher erbaut, so würden die Menschen über sie Bescheid wissen."

Das klang irgendwie logisch.

Eine weitere Notiz machte ihn stutzig. Der Professor hatte ihm doch erzählt, dass einer der Beweise für diesen Cheops oder Chufu als Bauherrn der Pyramide, ein Bericht von Herodot sein soll. Nun aber fand er diese Notiz in der Whiteman schrieb, dass Herodot von großen unterirdischen Kammern in der Pyramide berichtete, die er selbst aber nicht betreten durfte, da dort die großen Könige bestattet seien.

Hatte der Professor nicht gesagt, dass niemand jemals in einer Pyramide bestattet wurde? Es wurde immer undurchsichtiger, je weiter er sich durch diese

Aufzeichnungen arbeitete. Er blätterte weiter.

Hier zitierte der Professor wieder den Hitat:

...da ließ er die Pyramiden bauen...und füllte sie mit Wundern, Schätzen...und den Leichnamen der Könige...

...Die Leichname der Könige...also hatte Herodot damit doch recht?

Auf der nächsten Seite fand er ein komisches Zeichen mit Vermerk *Totenbuch* und drei Anmerkungen:

⌐▄▙ = Treppe = Himmelsleiter = Stufenpyramide

Was hatte das nun zu bedeuten? Dann ging ihm ein Licht auf. Der Professor hatte ihm doch die Stufenpyramiden gezeigt und ihm eröffnet, dass er der Meinung war, diese Pyramiden seien erst nach der großen Pyramide erbaut worden. Hatten die Pharaonen des alten Reiches diese Stufenpyramiden als eine Art Leiter zu den himmlischen Gefilden erbaut, weil sie die Pyramiden von Gizeh als eine Verbindung zum Himmel sahen? Whiteman würde es ihm erklären können, sofern sie ihn fanden.

Auf der nächsten Seite verweist er auf ein Werk von *Abu'r-Raihan al-Beruni*, einem persischen Universalgelehrten, der im ersten Jahrtausend lebte, in dem geschrieben steht, dass man nach der Sintflut ihre Spuren noch bis zur halben Höhe der Pyramiden sehen konnte...

„Die Spuren des Wassers der Sintflut und die Beschädigungen durch die Wogen sind bis zur Hälfte der Höhe der beiden Pyramiden deutlich zu erkennen. Über sie hinweg sind die Fluten nicht gegangen."

Und weiter zitiert er:

„Als sich die Wasser der Sintflut verlaufen hatten, fand man unter dem Wasser keine Stadt – nur Nehawend – das wurde gefunden wie es noch ist – und die Pyramiden Ägyptens...das sind die, die der erste Hermes, den die Araber Idris nennen, erbaute..."

Was zum Teufel war Nehawend, das die Sintflut überstanden hatte? Auch das würde er den Professor fragen. Er machte sich eine entsprechende Notiz.

Diese Schriften würden sich auch wiederum mit dem decken, was er am Anfang gelesen hatte.

All dies waren doch in seinen Augen starke Indizien, die Whitemans Theorie stützten. Warum interessierte es niemanden?

Phillips wollte das Buch schon schließen, als der

nächste Eintrag ich stutzig machte. Dort stand, unter Berufung auf *Ibn Hurdadbeh*, dass die Kanten der Pyramiden in die vier Richtungen des Windes zeigen...

„...So wird das Ungestüm des Windes durch die ihm entgegenstehende Kante gebrochen; das geschieht nicht, wenn eine Fläche getroffen wird.“

Das widerspräche ja der heutigen Ausrichtung ganz gewaltig.

Sein Kopf brummte ob der vielen Informationen die er nicht oder nur teilweise verstand und die Müdigkeit übermannte ihn.

8

Die Suche

Phillips nahm die Schnellstraße zum Flughafen. Er hoffte, dass um diese Zeit noch nicht so viel Verkehr herrschte und er sich das Gedränge der Altstadt sparen konnte.

Er kam etwas zu spät am Terminal an, was aber nichts ausmachte, da die Maschine aus Washington, wie offenbar üblich, wieder einmal verspätet war. So dauerte es noch fast vierzig Minuten bis Ron auftauchte.

„Hi Ron. Schön dich zu sehen. Wie ich sehe, bist du schon richtig ausgestattet. Ich musste mir hier erst so einen albernen Hut kaufen."

„Wie du vielleicht noch weißt, war ich oft genug hier in der Region im Einsatz und weiß daher was praktisch ist. Außerdem steht dir der Hut", grinste Newman. Dann betrachtete seine eigene Kopfbedeckung. „Meiner ist schon etwas in die Jahre gekommen."

„Komm lass uns fahren. Ich hab dir ein Zimmer im Hotel besorgt. Da kannst du dich frisch machen und dann frühstücken wir erst einmal. Dabei bringe ich dich auf den aktuellen Stand der Dinge."

„Hört sich ja spannend an. Hast du das mit dem Alten geklärt?"

„Alles erledigt. Er hat's genehmigt."

„Was? Einfach so?"

„Na ja, nicht ganz. Wenn an der Geschichte nichts dran sein sollte, will er uns die Zeit vom Urlaub abziehen."

„Na toll, dachte ich mir doch, dass daran was faul ist."

„Keine Panik, da ist was dran. Das wird eine ganz dicke Story. Glaub mir, ich rieche sowas."

„Was ist denn nun eigentlich passiert? Wofür musste ich unbedingt sofort hierher fliegen?"

„Erkläre ich dir alles später noch genau. Nur vorab so viel: Professor Whiteman hat eine Theorie, welche die Geschichtsschreibung verändern würde, falls sie sich als richtig erweist. Ich jedenfalls bin mittlerweile davon überzeugt. Vorgestern hatte sein Team ein erstaunliches Artefakt gefunden, was seine These erhärtet. Kurz danach wurde dieses Teil gestohlen und er ist verschwunden."

„Wenn es so wertvoll ist, hat er sich damit vielleicht aus dem Staub gemacht."

„Mit Sicherheit nicht. Außerdem, wie hätte er denn

ohne sein Auto irgendwo hinkommen können? Zumindest weit genug weg? Auch hätte er niemals sein Tagebuch zurückgelassen und außerdem hätte er Bescheid gesagt, wenn er länger weg ist."

„Klingt plausibel. Was ist denn deiner Meinung nach geschehen?"

„Ich glaube, dass er wegen dieses Artefakts entführt wurde. Es ist schon seltsam."

„Was ist seltsam?"

„Es gibt hier einen allmächtigen Herrscher über die Ägyptischen Altertümer. Er ist auch zuständig für die Vergabe der Grabungslizenzen. Nebenbei ist er auch Ägyptologe..."

„...soll vorkommen bei dem Job..."

„Ich meine er hat auch publiziert. Und wenn sich nun jemand wie Whiteman gegen die Schularchäologie wendet, passt das ihm und den meisten anderen seiner Zunft überhaupt nicht."

„Ah, langsam verstehe ich. Du glaubst, dass er dahinter steckt."

„Vielleicht. Es ist doch komisch. Das ganze Areal, was du gleich sehen wirst, wird von bewaffneter Security überwacht, nur keiner will bemerkt haben wie man den Professor quasi vor ihren Augen aus dem Grabungszelt entführt hat."

„Habt ihr die Polizei informiert?"

„Na klar. Die brauchten fast eine Stunde für zwei Kilometer. Besonders interessiert waren sie dann aber nicht. Das war zumindest mein Eindruck. Und zuletzt erhielt ich von ihnen noch eine unterschwellige Warnung mit auf den Weg."

„Oha! Da bist du ja wieder in etwas Tolles reingeschlittert."

Kurz darauf tauchte am Horizont das Gizeh Plateau auf. Für Phillips immer wieder ein faszinierender Anblick.

Einige Minuten später hielten sie vor dem Hotel und Newman checkte ein.

„Ich warte im Speiseraum. Da können wir erst einmal etwas frühstücken", meinte Phillips, bevor Newman seine Tasche auf sein Zimmer brachte.

***

Newman hörte aufmerksam zu, während Phillips ihm einen kurzen Abriss dessen gab, was bisher geschehen war.

„Und du glaubst, dass Whiteman mit seinen Notizen und den sogenannten Beweisen richtig liegt? Weil stichhaltige Beweise sind es in meinen Augen nicht unbedingt. Sagen wir es sind eher Indizien."

„Du hättest das sehen sollen, was ich gesehen habe. Ich glaube daran."

„Na gut, vielleicht hast du recht. Ich habe in der

Kürze der Zeit vor meinem überstürzten Abflug noch etwas recherchiert und ein paar meiner Quellen befragt. Es gibt offenbar tatsächlich auch bei uns Interessenten für die Forschungsergebnisse des Professors."

„Und wen meinst du speziell?"

„Die Defense Intelligence Agency und das ist kein Witz."

„Was? Der Militärgeheimdienst des Pentagon?", fragte Phillips ungläubig. „Aber wieso sollte es die denn interessieren, wann die Pyramiden wirklich erbaut wurden?"

„Vielleicht ist es nicht das tatsächliche Alter, sondern was sie zu bedeuten, oder bis jetzt noch zu verbergen haben."

„Du sprichst von dem Artefakt."

„Genau. Warum sonst sollte man ein Stück altes Blech klauen? Und nachdem, was du mir gerade erzählt hast, gibt es da wohl noch mehr."

Phillips dachte kurz darüber nach.

„Richtig. Die verborgenen Kammern und deren möglicher Inhalt. Das ist es, was sie suchen. Wir müssen zur Ausgrabungsstätte."

Newman hielt ihn kurz zurück und beugte sich zu ihm hinüber.

„Wenn die Defense Intelligence Agency und wer sonst noch da mitmischt, brauche ich eine Waffe. Ich sehe da Ungemach auf uns zukommen. Ich konnte meine ja schlecht mitbringen."

„Glaubst du wirklich?"

„Ich darf dich daran erinnern, was damals vor deinem Haus geschah..."

„Überzeugt. Das hatte ich verdrängt. Wir fragen Falih. Da lässt sich bestimmt etwas machen. Die sind hier Meister der Improvisation."

***

Phillips hatte den Wagen gerade neben dem Grabungszelt abgestellt, als Falih schon aufgeregt angelaufen kam.

„Hi Falih, darf ich vorstellen, das ist Ron. Er wird uns helfen."

„Freut mich Ron, ich bin Falih."

„Gibt es etwas Neues? Habt ihr schon in den Pyramiden gesucht?"

„Bisher haben wir die Mastabas und die kleinen Grabpyramiden durchsucht, aber leider ohne Erfolg. Wir wollten gerade in die große Pyramide, als diese Mails kamen."

Er reichte Phillips die beiden Ausdrucke.

„Was sagen sie?"

„Ich kam noch nicht dazu sie zu lesen. Hab sie nur überflogen."

„Die eine hier ist vom Labor. Sie sind wegen der

Altersbestimmung des Artefakts etwas verwirrt."

„Warum?"

„Sie haben es, da die Radiokarbon Methode nur bei organischen Stoffen funktioniert, mit radiometrischen Methoden versucht. Das Ergebnis ist ein Alter von 10000 bis 12500 Jahren, was aber laut Labor bei diesem Metall und dem Zustand nicht vorstellbar ist."

„Das untermauert die These des Professors", freute sich Falih.

„…und es ist der Grund für sein Verschwinden", ergänzte Newman.

„Wie das? Sie meinen…?"

„Was er damit sagen will ist, dass offenbar ein militärischer Geheimdienst mit involviert sein könnte und wir daher sehr vorsichtig vorgehen müssen."

„Du lieber Himmel! Ein Geheimdienst…wir sind doch nur Archäologen."

Falih konnte es nicht fassen.

„Noch etwas. Ron bräuchte eine Waffe. Wissen Sie, wie und wo er eine bekommen könnte? Nur für den Fall, dass es gefährlich für uns wird."

Falih überlegte einen Moment. Dann hellte sich sein Gesicht auf.

„Ich glaube da gibt es jemanden. Mein Cousin kennt einen Schwarzhändler. Der kann bestimmt so etwas beschaffen. An was haben Sie denn gedacht?"

„Am liebsten einen Revolver, aber eine Pistole tut's auch. Sie muss nur robust und handlich sein."

„Ich frage ihn. Da lässt sich bestimmt etwas machen, aber das muss unter uns bleiben."

„Selbstredend", antworteten Phillips und Newman unisono.

„Von wem ist denn die andere Mail?"

Phillips überflog das Blatt.

„Von Professor Richmond. Er schreibt, dass er mit zuverlässigen Kollegen über die Schriftzeichen gesprochen hätte und die haben ähnliche Zeichen auch schon einmal gesehen, aber nicht in Südamerika, sondern in Frankreich, genauer in Glozel, wo auch immer das sein mag."

„Davon habe ich schon gehört. Das liegt in Zentralfrankreich. Dort hatte man in den 1920er Jahren tausende von Artefakten gefunden. Kann er nun etwas damit anfangen?"

„Er schreibt, sie arbeiten gemeinsam an einer Entschlüsselung."

„Hoffentlich schaffen sie es."

„Ja, aber nun gehen wir den Professor suchen. Können Sie ein paar Leute abstellen?"

„Sicher, ich könnte auch alle losschicken."

„Nein, damit würden wir auffallen, wenn die Grabungsstätte nicht besetzt ist."

„Stimmt auch wieder."

Falih zog vier seiner Grabungshelfer ab und stattete sie mit Taschenlampen aus. Dann stiegen sie zum Eingang der Pyramide, dem sogenannten Al-Ma'mun Tunnel hoch.

Als sie die Sperrsteine erreichten, überlegten sie, wo sie mit der Suche beginnen sollten.

„Ich glaube nicht, dass sie den Professor oben in der Königskammer versteckt haben, falls er überhaupt hier ist", meinte Phillips, „dort kommen täglich dutzende von Touristen hin. Ich hatte in den Notizen etwas von einem Schacht und unterirdischen Kammern gelesen."

„Stimmt, aber wir haben dort nur die sogenannte Felsenkammer und der Schacht führt auch nirgendwo hin. Aber suchen wir dort."

Falih schickte zur Sicherheit zwei Mann nach oben, dann machten sie sich an den Abstieg.

„Eigentlich dürfen wir nicht dorthin. Der Gang ist für Besucher gesperrt", flüsterte er den anderen zu.

„Aber Sie sind doch Archäologe und kein Tourist."

„Schon, aber wir dürfen ja nicht mehr hier drin arbeiten."

In gebückter Haltung ging es fast sechzig Meter in einem Winkel von etwa dreißig Grad nach unten.

Als sie endlich unten ankamen, hatte Phillips das

Gefühl, als würden seine Oberschenkel ein Eigenleben führen. Obwohl die Kammer aufrechtes Stehen erlaubte, konnte er sich kaum noch aufrichten.

„Du solltest mal mehr Sport treiben", zog ihn Newman auf.

„Danke für dein Mitgefühl", schnaufte Phillips. „Wo ist denn hier dieser ominöse Schacht?"

„Dort hinten, aber wie gesagt, da geht es nicht weiter."

Kammer und Schacht waren leer. Nun ging es wieder nach oben. Dort trafen sie auf die beiden anderen, deren Suche in den oberen Kammern wie erwartet ebenfalls erfolglos war.

Auch die Durchsuchung der beiden anderen Pyramiden brachte kein Ergebnis. Es gab einfach keine Spur. Der Professor blieb spurlos verschwunden. Frustriert gingen sie zurück zum Zelt.

Auf halben Weg wurden sie von einem bewaffneten Wächter angehalten.

„Was suchen Sie dort drin? Man hat uns gesagt, dass Sie dort nicht arbeiten dürfen."

Phillips überlegte kurz, was er nun erwidern sollte ohne Schaden anzurichten.

„Mein Freund hier besucht mich für ein paar Tage und er wollte die Pyramide von innen sehen. Gibt es damit ein Problem?"

Der Mann kaute nervös auf seiner Unterlippe herum. Offenbar war er nun überfordert.

„Sie sollten da nicht rein."

„Aber andere Touristen dürfen das doch auch, oder?"

„Mmh, aber nicht die da."

Dabei zeigte er auf Falih und seine vier Helfer. Die dürfen da nicht arbeiten.

„Das haben sie ja auch nicht. Sie haben uns nur geführt."

„Na gut, aber halten Sie sich ab jetzt davon fern."

Um diese unverhohlene Warnung zu unterstreichen, legte er seine Hand auf den Abzug seines Gewehrs.

„Puh", stöhnte Falih, als sie wieder alleine waren.

„Ich schätze, hier ist etwas faul", meinte Newman trocken, „ober faul. Da scheint viel Druck von ganz oben zu kommen, wenn das Wachpersonal schon angewiesen wurde uns total von den Pyramiden fernzuhalten. Was macht meine Waffe, Falih? Ich denke, die werde ich bald brauchen."

„Ich rufe gleich meinen Cousin an."

„Wir gehen etwas essen, kommen Sie mit?"

„Nein, vielen Dank. Ich bekomme jetzt nichts runter. Sehen wir uns nachher?"

„Sicher. Bis dann."

Sie ließen den Wagen stehen und gingen zu Fuß zu dem Restaurant, in dem Phillips schon zusammen mit dem Professor gegessen hatte.

***

„Was glaubst du, wo der Professor sein könnte?", fragte Newman, nachdem das Essen serviert wurde.

„Ehrlich gesagt habe ich keine Ahnung und das frustriert mich ungemein. Es ist ein riesiges Land. Da gibt es bestimmt tausende von Verstecken. Falls sie ihn in irgendeiner Archäologischen Stätte gefangen halten, gibt es davon auch bestimmt dutzende, wenn nicht noch mehr. Eigentlich ist das ganze Land eine einzige Ausgrabungsstätte."

„Wir suchen also die Stecknadel im Heuhaufen."

„So sieht's wohl aus."

„Fragen wir nachher am besten Falih, welche Möglichkeiten am ehesten in Betracht kommen. Ich meine, bei den meisten bekannten Stätten laufen doch täglich hunderte von Touristen herum. Da werden sie ihn ja wohl nicht versteckt halten, oder?"

„Stimmt. Das reduziert die Möglichkeiten erheblich, falls er noch im Lande ist."

„Ich denke das ist er. Wie hätten sie ihn denn unauffällig außer Landes bringen sollen?"

„Ich hoffe, du hast recht."

***

Nach dem Essen gingen sie zurück zur Grabungsstätte. Plötzlich sahen sie von weitem ein kleines Motorrad, das sich mit hoher Geschwindigkeit dem Zelt
näherte und dann davor anhielt. Der Fahrer stieg ab
und ging hinein.

Phillips und Newman sahen sich an.

„Was hat das denn wieder zu bedeuten? Ich hoffe
nichts Schlimmes", meinte Phillips.

„Wir werden es gleich wissen. Beeilen wir uns."

Als sie verschwitzt und außer Atem das Zelt erreichten, kam ihnen Falih mit einem jungen Mann entgegen.

„Ist alles in Ordnung?", schnaufte Phillips.

„Ja, warum?"

„Wir haben ein Motorrad gesehen und dachten…"

„Nein, nein, das ist mein Cousin Nagip. Ich hatte
ihn doch vorhin angerufen und er hat Ihnen gleich etwas mitgebracht."

„Hi Nagip. Ich bin Ron und das ist Mark. Dann zeigen Sie einmal, was Sie für mich haben."

Nagip sah sich um.

„Gehen wir ins Zelt. Hier draußen gibt es zu viele
Augen."

Im Zelt kramte er aus seiner Umhängetasche etwas
heraus, was in fleckigen Baumwollstoff gewickelt war
und reichte es Newman. Der entfernte das Tuch und

zum Vorschein kam ein abgewetztes braunes Leder-
holster. Als er es öffnete, fing er an zu grinsen.

„Eine alte russische Makarow 9x18."

Auf der Innenseite der Lasche war etwas einge-
druckt.

„Das stammt noch aus Beständen der Nationalen
Volksarmee der DDR. Weiß der Geier wie Sie an das
Ding gekommen sind."

„Berufsgeheimnis", grinste Nagip. „Möchten Sie
sie haben?"

„Wenn Sie auch Munition dafür haben? Die 9x18
bekommt man nicht überall."

„Hab ich", meinte Nagip und klopfte auf seine Tasche, „fünfzig Schuss sind inklusive."

„Und was soll sie kosten?"

„Weil Sie Freunde von Falih sind und den Professor suchen, sagen wir 150 amerikanische Dollar."

„Ok, ein fairer Preis. Abgemacht", und zu Phillips
gewandt: „Das setze ich auf die Spesenrechnung."

Newman zahlte und bekam die Waffe samt der
Munition, während Nagip sich auf sein Moped
schwang und eine Staubfahne hinter sich herziehend
davon fuhr.

„Taugt das Ding denn etwas?", fragte Phillips
skeptisch.

„Das ist alte russische Wertarbeit. Die Dinger sind

nicht klein zu kriegen, sehr zuverlässig und präzise. Vor allem bei diesen extremen Bedingungen hier. Außerdem ist sie klein und handlich."

„Na gut, wenn du das sagst."

Newman hatte gerade seine neu erworbene Waffe geladen und verstaut, als sich ein Fahrzeug der Polizei näherte und vor dem Zelt anhielt. Die gleichen Polizisten, die schon einmal hier waren, stiegen aus und kamen auf Sie zu.

„Und, gibt es etwas neues?", fragte Falih, „Haben Sie schon etwas gehört?"

„Das würden wir gerne von Ihnen wissen."

„Wieso von uns? Sie sind doch die Polizei", mischte sich Phillips ein.

Der Polizist drehte sich um und sah Newman an.

„Und wer ist der da? Der war letztes Mal nicht da."

„*Der da* ist ein Freund von mir und besucht mich hier."

„Ist er auch ein Journalist, wie Sie?"

„Ja, warum?"

„Wir haben gehört", ignorierte er die Frage, „dass sie in der Pyramide waren. Das war illegal."

„Wir waren nur als Touristen drin, wie viele andere auch. Was ist daran illegal?"

„Aber der da…", dabei zeigte er auf Falih.

„Er hat uns nur alles gezeigt. Sonst nichts. Suchen

Sie lieber Professor Whiteman."

„Wie ich schon sagte, seien Sie vorsichtig Mr. Journalist. Jetzt erst recht."

Damit setzten sie sich in ihren Wagen und fuhren
davon.

„Eh, das war ja wirklich eine Drohung", stieß
Newman aus.

„Ja ich weiß. Das hatte er vorgestern schon einmal
gesagt. Aber jetzt wissen wir wenigstens woran wir
sind. Die werden Whiteman niemals suchen, im Gegenteil. Die gehören zum System."

„Und was nun?", fragte Falih etwas hilflos.

„Wir hatten uns vorhin überlegt, ob man die Suche
nicht eingrenzen kann. Da sie ihn nicht dort verstecken können wo täglich viele Touristen sind, müsste
es ja ein Ort sein, an den keine Besucher hinkönnen.
Warum auch immer."

„Und wenn sie ihn in irgendeine Stadt gebracht haben? Da finden wir ihn nie."

„Da gehen wir erst einmal nicht von aus", warf
Newman ein. „Wäre zu auffällig."

„Sie meinen also, man hat ihn an eine archäologische Stätte gebracht, die zurzeit gesperrt ist."

„Genau. Gibt es hier so etwas?"

Falih überlegte kurz, dann hellte sich sein Gesicht
auf.

„Die Ruinen der Baka und Chaba Pyramide."

„Und wo ist das?"

„Bei Saujet el-Arjan, etwa acht bis zehn Kilometer südwestlich von hier."

„Das klingt gut. Whiteman hatte mir gegenüber die Stätte auch schon mal erwähnt. Und es ist nicht weit von hier.", überlegte Phillips. „Da kommt auch wirklich niemand hin?"

„Nein, das ist schon ewig militärisches Sperrgebiet. Da darf noch nicht einmal weiter ausgegraben werden."

„Das könnte gut möglich sein, wenn schon das Militär Interesse an der Forschung des Professors hat", meinte Newman, „aber ob wir da so einfach reinkommen, wage ich mal zu bezweifeln. Doch versuchen müssen wir es."

„Dann lass uns fahren."

„Warten wir noch bis es dämmert, dann fallen wir hoffentlich nicht sofort auf. Hab keine Lust auf einen ägyptischen Knast."

***

Es dauerte nur etwas mehr als eine halbe Stunde bis sie das weitläufige Areal erreichten. Die Enttäuschung war groß als sie sahen, dass alles mit hohen Zäunen und Mauern umgeben war. Falih bog von der Hauptstraße ab und fuhr auf einer staubigen Nebenstraße ein Stück nach Süden. Kurz darauf bog er wieder ab und über ein paar Seitenstraßen gelangten sie zu einem Hotelgebäude, das direkt vor dem Militärkomplex lag. Hier hielt Falih kurz am Straßenrand an. Nicht nur das ganze Areal war von Mauern und Zäunen umgeben, sondern die wenigen Zugänge waren geschlossen und wurden bewacht.

„Dort drüben liegt die Ausgrabungsstelle. Ein Schacht führt in die unterirdische Anlage, die sich unter der Pyramide befand. Von der ist allerdings nicht mehr viel übrig."

„Scheiße!", brummte Newman. „Da kommen wir wohl nie rein und falls doch, wohl nicht wieder raus."

„Falls das Militär involviert ist, könnten sie den Professor ja auch in einem der vielen Gebäude festhalten. Die können wir ohnehin nicht alle durchsuchen", ergänzte Phillips mit einem Anflug von Resignation in der Stimme.

„Fahren Sie mal das Areal ab. Vielleicht ergibt sich doch etwas."

Als sie langsam an einem der Tore vorbeirollten, versperrte ihnen plötzlich ein Jeep den Weg. Zwei bewaffnete Soldaten stiegen aus und kamen auf sie zu.

„*Ma aladhi tafealuh huna?*", fragte einer der Männer und leuchtete mit seiner Taschenlampe ins Innere des Wagens.

„Amerikaner?", fragte er dann auf Englisch.

„Ja", antwortete Falih und bekam schweißnasse Hände.

„Also, was wollt ihr hier?"

„Ich wollte meinen Freunden nur zeigen, wo die Baka Pyramide liegt."

„Das ist Sperrgebiet. Da könnt ihr nicht hin."

„Ja, ich weiß. Daher fahren wir ja auch nur vorbei."

„Gut, dann fahrt wieder zurück. Hier gibt es nichts zu sehen."

„Danke Sir."

Erleichtert legte Falih den Gang ein und fuhr davon.

„Danke Sir?", lachte Newman.

„Ich wusste nicht was ich sagen sollte. Ich hatte einfach nur Angst, dass sie uns mitnehmen."

„Schon gut. Jetzt wissen wir wenigstens, dass es unmöglich ist da reinzukommen."

Auf dem Rückweg sprach keiner mehr ein Wort. Erst als sie den Wagen neben dem Grabungszelt abstellten, brach Phillips das Schweigen.

„Falih, überlegen Sie doch noch einmal wo es eventuell weitere Möglichkeiten gibt. Wo sind noch gesperrte Ausgrabungsstätten?"

Falih überlegte fieberhaft, dann schlug er sich mit der flachen Hand auf die Stirn.

„Dass ich daran nicht gedacht habe."

„An was, Falih?"

„Es gibt ein Bulletin. Das bekommen wir jeden Monat. Da müsste so etwas aufgeführt sein. Kommen Sie mit."

Im Zelt kramte Falih im Schreibtisch des Professors bis er das Blatt gefunden hatte.

„Es finden Arbeiten an der Stufenpyramide in Saqqara statt, sie ist aber weiter zugänglich. Am Tempel der Hatschepsut im Deir el Bahari wird auch gearbeitet, aber auch er bleibt geöffnet. Und dann noch die Felsengräber in Sohag. Sie sind bis auf weiteres komplett gesperrt. Dort werden Sicherungsarbeiten vorgenommen."

„Das könnte es sein", meinte Phillips, „wo ist das?"

„Etwa fünfhundert Kilometer südlich von hier."

„Dann fahren wir morgen dorthin."

9

Die Gräber von Sohag

Nach etwa sechsstündiger Fahrt erreichten sie am frühen Abend den östlich von Sohag gelegenen Gebirgszug. Langsam rollten sie an der staubigen Zufahrtsstraße vorbei die zur Ausgrabungsstätte führte, um sich einen ersten Eindruck von den Gegebenheiten zu verschaffen.

„Sie waren doch schon mal hier", wandte sich Newman an Falih, „wie geht's von hier aus weiter?"

Falih hielt kurz am Straßenrand an.

„Der Weg dort hoch führt vorbei an einem kleinen eingezäunten Bereich mit einigen kleinen Gebäuden bis zu den Felsengräbern. An einer Seite gibt es eine Treppe für die Besucher. Die ist auch beleuchtet."

„Mist, das können wir überhaupt nicht gebrauchen."

„Von hier aus sieht man ja zwei übereinander liegende Reihen von Höhlen", meinte Phillips.

„Wenn wir Glück haben und der Professor tatsächlich hier ist, halten sie ihn hoffentlich in den unteren Gräbern fest."

„Und nun?", fragte Falih.

„Wir warten bis es richtig dunkel ist. Suchen sie sich eine ruhige Stelle zum Parken. Wir wollen ja nicht gleich auffallen", entschied Newman und machte es sich so gut es ging auf dem Sitz bequem.

***

Eine Stunde später hatte die Dunkelheit die ganze Gegend eingehüllt. Nur im Westen, auf der anderen Seite des Nils, sah man die Lichter von Sohag.

Newman gab das Zeichen zum Aufbruch. Er hatte sich seine gerade erworbene Makarow in den Gürtel gesteckt. Man konnte ja nie wissen was passiert. Dann überprüften sie ihre Taschenlampen und schlichen im Schutz der Dunkelheit los, das Licht der Lampen auf den Boden gerichtet.

Phillips hoffte inständig, dass der Bereich nicht von bewaffneten Sicherheitsleuten überwacht wurde. Das würde eigentlich auch keinen Sinn ergeben, wenn er für Besucher gesperrt war. Doch kurz darauf wurde er enttäuscht.

Newman, der die Führung übernommen hatte, hielt plötzlich an.

„Lampen aus!", zischte er.

„Was ist?"

„Da oben ist jemand. Ich habe die Glut von zwei Zigaretten gesehen. Eine Person ist etwas links von der Mitte, die andere ganz rechts. Wir müssen uns aufteilen. Wo ist diese Treppe?"

„Die ist hier auf der rechten Seite."

„Gut, hoffen wir, dass die Zwei alleine sind. Ich gehe links hoch und ihr beide in Richtung Treppe. Bleibt aber unsichtbar bis ich euch ein Zeichen mit der Taschenlampe gebe. Alles Weitere wird sich zeigen. Viel Glück."

Während Phillips und Falih in gebückter Haltung den Aufgang hochschlichen, kroch Newman auf der anderen Seite durch Geröll und Sand mühsam den Hang nach oben und hoffte inständig, dass kein herabfallendes Gestein ihn verraten würde.

Plötzlich vernahm er Stimmen, die sich auf Arabisch unterhielten. Eine Stimme kam unmittelbar aus der Nähe. Der Mann musste ein paar Meter über ihm sein. Vorsichtig wich er noch etwas nach links aus um nicht direkt auf ihn zu treffen...

...Phillips und Falih hatten inzwischen die untere Reihe der Felsengräber erreicht. Zu ihrem Glück war die Beleuchtung der Treppe nicht eingeschaltet. Warum auch, wenn der ganze Bereich zurzeit gesperrt war. Auch sie hörten jetzt deutlich eine Männerstimme, die sich lautstark auf eine größere Entfernung mit jemand anderen unterhielt.

„Was sagt er?", fragte Phillips.

„Er hofft, dass die Nacht bald rum ist und er ins Bett kann. Der andere sagt, dass er nur noch zwei Zigaretten hätte."

Dann war es auf einmal ruhig. Sie krochen noch ein paar Meter weiter, bis sie fast auf gleicher Höhe zu dem Mann waren und wollten sich gerade wieder hinlegen, als sich plötzlich der Strahl einer starken Taschenlampe auf sie richtete.

„Mrhban! Man 'antum? Akhruj ealaa alfawr, walakin bibut'"

„Scheiße!", zischte Phillips. „Was sagt er?"

„Er fragt wer wir sind und wir sollen sofort rauskommen, aber langsam."

„Ich hoffe nur, dass Ron jetzt etwas einfällt."

Als sie dann langsam aufstanden, sahen sie in den Lauf eines Gewehrs, der auf sie gerichtet war. Viel mehr konnten sie nicht erkennen, da die Lampe des Mannes sie blendete.

Er rief etwas. Offenbar wollte er seinen Kollegen verständigen. Als er keine Antwort bekam, brummte er etwas vor sich hin.

„Was sagte er?"

„Wahrscheinlich ist er wieder pinkeln. Er meint wohl den anderen."

„Yakhruj!", befahl der Mann und zielte mit seiner Waffe auf die beiden...

…In diesem Moment sackte er wie vom Blitz getroffen zusammen und die Kalaschnikow polterte auf den Felsen.

Phillips und Falih wussten erst gar nicht wie ihnen geschah, bis plötzlich eine Taschenlampe aufleuchtete und Newman grinsend vor ihnen stand.

„Mann, ich war noch nie so froh dich zu sehen", stöhnte Phillips, „das war knapp."

„Ich musste erst einmal den anderen ausschalten. Ich konnte ihn ja schlecht erschießen. Außerdem hätte man das bis runter in die Stadt gehört. Und rennen konnte ich auch nicht. Der Hang besteht nur aus losem Sand oder Geröll."

„Ist ja nochmal gut gegangen. Und nun?"

„Wir müssen ihn fesseln."

„Und mit was?"

Newman zog sein Klappmesser aus der Tasche und schnitt den Riemen des Gewehrs ab.

„Hab ich mit dem anderen auch gemacht. Wird erst einmal reichen. Was sind das eigentlich für Typen? Das sind doch keine Bullen? Und warum haben die hier alle russische Waffen?"

„Die werden von dem Amt für die Altertümer Verwaltung bezahlt", klärte Fatih auf, „und die Russen waren früher hier gerne gesehen. Sie haben den Assuan Staudamm gebaut. Da ist viel Material im Land geblieben."

„Ach so. Reiß ihm den Ärmel von seinem Hemd ab", wandte er sich an Phillips.

„Was willst du denn damit?"

„Das Maul stopfen, damit er nicht schreien kann, falls er zu früh wieder aufwacht."

„Und nun? Wie wollen Sie jetzt weiter vorgehen?", fragte Falih, nachdem der Wächter gefesselt und geknebelt war.

„Zuerst lassen wir mal das blöde *Sie* weg, wenn's recht ist. Das nervt mich. Besonders in so einer Situation. Wir suchen systematisch Höhle für Höhle ab. Zuerst die unteren und wir müssen uns beeilen. Also los und nehmt die beiden Waffen mit."

Nachdem sie einige Gräber erfolglos durchsucht hatten, kamen sie an ein Grab, das mit einer eisernen Gittertür versperrt war. Im Schein ihrer Taschenlampen sahen sie dahinter Fragmente von farbigen Wandmalereien und eine Reihe von Hieroglyphenschriften. Falih war gleich fasziniert.

„Ich war zwar schon einmal hier, aber das hatte ich noch nicht gesehen. Fantastisch."

„Vergiss nicht warum wir hier sind. Gib mir mal die Kanone...achtung, jetzt wird es laut."

Mit dem Kolben des Gewehrs hämmerte er auf das große Vorhängeschloss ein, bis es nachgab. Die Tür ließ sich leicht und ohne quietschendes Geräusch öffnen.

„Scheint frisch geölt zu sein."

Hinter der Türe öffnete sich ihnen ein relativ breiter Gang. Während Newman und Phillips zügig dem Gang folgten, betrachtete Falih ehrfürchtig die zahlreichen Wandmalereien und Inschriften.

„Falih!", rief Newman, als er das bemerkte.

„Es ist fantastisch", schwärmte der junge Archäologe, „das Grab ist aus dem alten Reich. Dritte bis fünfte Dynastie."

„Schön, aber wir suchen den Professor. Auf jetzt."

Am Ende des Gangs erreichten sie einen Quergang.

„Und wohin jetzt? Rechts oder links?", fragte Phillips und sah die anderen Beiden an.

„Ich denke nach rechts", meinte Falih nach kurzer Überlegung.

„Und wieso?"

„Die Grabkammer müsste im Osten liegen. Der Eingang war im Südwesten, also muss es rechts nach Südosten gehen."

„Warum müsste sie im Osten liegen?"

„Weil der Tote Pharao nur im Osten in den *Duat* aufsteigen konnte."

„Was ist der *Duat*?", wollte Phillips wissen.

„Schwätzt nicht so viel", brummte Newman, „das

kann er dir später auch noch erklären. Viel Zeit haben wir nicht mehr. Wenn die zwei Figuren wach werden, gibt's hier einen Volksaufstand."

Kurz darauf standen sie vor einem Schacht, der fast senkrecht nach unten ging. Sie leuchteten hinein und konnten das Ende des Schachts ausmachen.

„Knapp drei Meter würde ich sagen", meinte Phillips. „Runter kommen wir vielleicht, aber nicht mehr hoch, wenn es keine Leiter hier irgendwo gibt."

„Da hast du wohl…seid mal still!"

Newman hatte ein Geräusch vernommen. Ein leises scharrendes Geräusch und dieses Geräusch kam von dort unten aus dem Schacht.

„Da ist etwas. Wir müssen da runter."

„Und wie?"

„Falih, lauf mal vor zum Eingang und versuch die Gittertür auszuhängen. Die ist etwa zwei Meter hoch. Damit könnten wir es versuchen."

Der junge Mann rannte los und kam kurz darauf wieder zurück, die schwere Tür hinter sich her schleifend.

„Super Junge. So, nun fasst mal mit an. Wir müssen sie hochkant da runter lassen."

Die Tür passte gerade so durch das Loch und nach einiger Anstrengung hatten sie es geschafft. Newman lag auf dem Bauch und hatte nur noch den oberen

Rahmen in den Händen.

„Ihr beiden könnt jetzt loslassen", schnaufte er, dann ließ auch er los und die Tür polterte die letzten Zentimeter nach unten.

„Ich gehe runter. Ihr bleibt hier und passt auf."

Es gab keine Widerrede. Phillips und Falih waren heilfroh, dass er freiwillig in den Schacht stieg. Newman ließ sich vorsichtig nach unten ab, bis er einen Fuß auf die Oberkannte der Tür stellen konnte. Dann rutschte er an den Gittern nach unten. Als er festen Boden spürte, leuchtete er seine Umgebung ab. Es gab nur einen schmalen Gang, der offenbar in einer Kammer endete.

„Alles in Ordnung?", rief Phillips von oben.

„Ja, hier ist ein Gang. Ich gehe jetzt weiter."

Als er das Ende des Gangs erreichte, starrte er fassungslos auf das Bild, das sich ihm bot. In der kleinen Kammer lagen überall leere Wasserflaschen und Pappschachteln mit Essensresten herum und im hinteren Teil lag auf einem alten Armeeschlafsack eine verkrümmte Gestalt in völlig verdreckter Kleidung.

„Verdammte Sauerei", brummte er wütend.

Er ging zu der Gestalt hinüber und stieß sie vorsichtig an.

„Professor Whiteman."

Der Mann drehte sich stöhnend um und sah zu

Newman auf. Seine Augen waren rot unterlaufen und das Gesicht eingefallen.

„Ja, wer sind Sie?"

„Ich bin Ron Newman. Ein Freund und Kollege von Mark Phillips. Er und Falih sind oben und warten. Kommen Sie, wir müssen hier weg, bevor die Wächter wieder aufwachen."

Der Versuch eines Lächelns zeigte sich in dem eingefallenen Gesicht des Professors.

„Helfen Sie mir bitte hoch."

„Schaffen Sie es durch den Gang? Aus dem Schacht können wir Sie dann herausziehen."

Whiteman mühte sich durch den schmalen Gang und Newman sah besorgt auf die Leuchtziffern seiner Uhr. Sie mussten sich beeilen, sonst würde es ein Desaster geben.

Falih stieß einen Schrei der Erleichterung aus, als er den Professor im Kegel seiner Taschenlampe unten im Schacht auftauchen sah.

„Bindet eure Gürtel zusammen und lasst sie runter. Damit könnt ihr ihn hochziehen. Ich schiebe von unten. Der Professor schafft es nicht alleine", rief Newman nach oben.

Ein paar Minuten später zogen sie Whiteman über den Rand des Schachts und dahinter tauchte auch schon Newman auf.

„Los jetzt. Begrüßen könnt ihr euch später. Ihr geht vor. Ich nehme den Professor."

Newman lud sich Whiteman wie einen Sack Kartoffeln auf die Schulter.

Als sie die Höhle verließen, erwartete sie eine Überraschung. Einer der Wächter war aufgewacht und versuchte sich am Höhleneingang aufzurichten.

„Scheiße", rief Newman, setzte den Professor kurz ab, zog seine Pistole aus dem Gürtel und zog sie dem Mann über den Schädel.

„Jetzt aber schnell zum Wagen."

Newman lud sich Whiteman wieder über die Schulter und rannte hinter den anderen her.

„Gibt's einen Weg durch die Wüste?", fragte er Falih, als sie den Professor im Wagen verstaut hatten.

„Ja, aber der ist länger."

„Macht nichts. Dort werden sie uns nicht so schnell suchen wie auf der Schnellstraße. Gib Gas."

***

Sie überquerten den Nil bei Sohag und fuhren durch ein Niemandsland. Einziges Problem würden ab jetzt die Mautstellen sein. Bei der ersten ging noch alles gut. So schnell konnten die beiden Wächter sich auch noch nicht befreit haben.

Unterwegs musste Falih kurz anhalten um Diesel nachzufüllen. Glücklicherweise standen immer ein paar Kanister für Notfälle im Wagen.

Ansonsten begleitete sie stundenlang nur scheinbar undurchdringliche Dunkelheit. Der Professor war erschöpft eingeschlafen und die anderen sprachen während der Fahrt kaum ein Wort.

Es wurde schon langsam hell, als sie etwa sieben Stunden später vor ihrem Hotel anhielten.

„Wir nehmen ihn mit hoch", bestimmte Phillips, als sie Whiteman aus dem Wagen gezogen hatten und ihn stützen mussten. „Und du gehst auch mit", wandte er sich an Falih. „Ich besorge dir ein Zimmer. Keine Widerrede."

Der Rezeptionist beäugte das Quartett misstrauisch, als sie schmutzig und Whiteman wie einen betrunkenen stützend ins Foyer kamen.

„Er hat Kreislaufprobleme", beruhigte ihn Phillips und buchte noch zwei Zimmer.

Newman holte eine Flasche Bourbon aus seinem Gepäck und flößte dem Professor einen Schluck ein, dann legten sie ihn aufs Bett und ließen ihn schlafen.

Nachdem sie sich einigermaßen von den Strapazen erholt und sich etwas frisch gemacht hatten, gingen sie frühstücken.

„Wie soll es denn nun weitergehen?", fragte Falih. „Wenn sie ihn nun hier suchen?"

„Dann wird uns schon etwas einfallen", war Newman optimistisch wie immer.

„Und ich werde eine ausführliche Notiz an Wilson schicken", ergänzte Phillips. „Er wird bestimmt etwas unternehmen. Es kann ja wohl nicht sein, dass ein renommierter amerikanischer Archäologe einfach entführt und in einem Loch in der Wüste gefangen gehalten wird, nur weil seine Thesen einer Gruppe von einflussreichen Kollegen nicht passen."

„Du vergisst den Geheimdienst", meinte Newman.

„Wie könnte ich den vergessen?"

10

Die alten Schriften

Phillips hatte sich nach dem Frühstück hingelegt. Er hatte ein paar Stunden tief und fest geschlafen und fühlte sich ausgeruht. Nachdem er geduscht und sich angekleidet hatte, fand er auf seinem Laptop eine Nachricht seines Chefs:

„Schicken Sie mir einen Artikel. Das muss an die Öffentlichkeit. Werde die Botschaft einschalten. Machen Sie weiter."

„Dachte ich mir, dass dir das gefällt", grinste er.

Dann ging er hinüber zu dem Zimmer, in dem sie Whiteman untergebracht hatten. Der Professor lag noch so auf dem Bett wie sie ihn heute früh hingelegt hatten. Auf einem Sessel neben dem Bett kauerte Falih und schlief. Er hatte offenbar die ganze Zeit dort verbracht und Wache gehalten, bis ihn die Müdigkeit übermannte.

Er ließ beide noch schlafen und ging zum Zimmer von Newman, doch dort klopfte er vergeblich. Er war nicht da. Phillips fand ihn an der Hotelbar vor einem Glas Bourbon.

„Dass du bei dieser Hitze noch sowas trinken kannst."

„Würde dir auch guttun. Gibt es oben was Neues?"

„Nein. Whiteman schläft noch und Falih hält Wache an seinem Bett."

„Gut, sollen sie sich ausruhen. Es ist wahrscheinlich noch nicht vorbei."

„Meinst du?"

„Die werden es nicht auf sich beruhen lassen. Schon gar nicht wenn die Agency mit drin steckt."

„Na ja, vielleicht hilft ja Wilson. Habe gerade eine Nachricht von ihm bekommen. Ich soll ihm einen ersten Artikel schicken und er will die Botschaft einschalten."

„Hoffen wir dass es hilft. Trinkst du was mit?"

„Nur einen Kaffee. Dann sehe ich oben noch einmal nach unseren Helden."

***

Als Phillips etwas später das Zimmer betrat, waren der Professor und Falih wach und in ein Gespräch vertieft.

„Hallo Professor. Schön, dass Sie wieder unter uns sind. Wie fühlen Sie sich?"

„Schon viel besser, nur noch etwas schwach auf

den Beinen."

„Möchten Sie etwas essen?"

„Etwas später."

„Können wir uns unterhalten?"

„Ja, natürlich. Ich habe gerade von Falih Ihre Heldentat in allen Einzelheiten geschildert bekommen. Vielen Dank dafür."

„Nichts zu danken. Das war selbstverständlich."

„Nein, das war es wirklich nicht. Sie haben sich in Gefahr gebracht."

Phillips wechselte schnell das Thema.

„Können Sie uns schildern, was genau vor sich ging? Wie ist Ihre Entführung abgelaufen? Konnten Sie jemanden erkennen?"

„Das sind viele Fragen auf einmal", lachte Whiteman. „Ich kam gegen sechs Uhr aus Kairo zurück. Ich hatte im Labor auf die Ergebnisse gewartet und dann in der Stadt übernachtet. Haben Sie die Ergebnisse gesehen? Erstaunlich, nicht wahr…?"

„Ja, aber bitte eins nach dem anderen."

„Sie haben recht. Also, als ich zurück war, stellte ich den Wagen ab und ging ins Zelt um das Artefakt wegzuschließen. Plötzlich erschienen drei Männer. Sie hielten mir eine Pistole vor die Nase. Einer fragte mich wo das Artefakt wäre. Ich tat unwissend, da schlug er mir ins Gesicht. Ich versuchte Zeit zu gewinnen und sagte ihm, dass es im Schrank sei und ich den Schlüssel nicht hätte. Einer der Männer ging daraufhin zum Schrank, zog irgendetwas aus der Tasche und machte sich an dem Schloss zu schaffen. Es dauerte nur Sekunden, dann hatte er es geöffnet. Er nahm das Artefakt heraus, während der dritte Mann meinen Schreibtisch durchwühlte und den Laborbericht einsteckte. Dann schleiften sie mich zu einem Wagen, der hinter dem Zelt geparkt war, stießen mich hinein und fuhren los. Während der ganzen Fahrt hatte ich die Pistole am Kopf. Dann sperrten sie mich in dem Grab ein, den Rest kennen Sie. Wie erniedrigend."

„Sie haben sich vollkommen richtig verhalten. Es hatte keinen Sinn sich zu wehren. Diese Leute schrecken offenbar vor nichts zurück. Wollten die noch etwas von Ihnen?"

„Sie fragten mich andauernd nach weiteren Ergebnissen und Funden."

„Dachte ich es mir doch. Können Sie die Männer beschreiben?"

„Zwei von Ihnen waren Ägypter, aber der den Schrank aufgebrochen hatte war bestimmt ein Landsmann."

„Woran machen Sie das fest? Hat er was gesagt?"

„Nein, war nur so ein Gefühl. Er sah ja auch anders aus, als die anderen beiden. Er trug einen beigen Anzug, währen die andern legere Kleidung trugen. Solche weiten Hosen mit Taschen auf der Seite und einfache Leinenhemden."

„Sehr interessant. Diese Beiden waren dann offenbar nur Söldner und der Amerikaner ihr Anführer. Und was war das für ein Fahrzeug? Konnten Sie etwas erkennen?"

„Das war ein großer Geländewagen. Weiß, ein Mitsubishi, glaube ich."

„Gut, danke Professor. Dann lasse ich Sie wieder in Ruhe. Ich hole Sie beide dann zum Abendessen ab."

***

Als Phillips später das Zimmer des Professors betrat, sah Whiteman schon wesentlich erholter aus. Er hatte geduscht und sich umgezogen. Falih hatte ihm frische Kleidung besorgt und war anschließend zurück zur Grabungsstelle gefahren, um die Arbeiten halbwegs normal weiterlaufen zu lassen.

Während des Abendessens hatte Professor Whiteman dann Redebedarf.

„Während Sie auf der Suche nach mir waren, hatten Sie die Gelegenheit mein Notizbuch zu studieren, wie Falih mir erzählte."

„Ja, da ich hoffte dort Anhaltspunkt für die Entführung und für das seltsame Verhalten der offiziellen Stellen zu finden."

„Und waren Sie fündig?"

„Wie man es nimmt. Zumindest waren die Hintergründe Ihrer Entführung zu erkennen. Vielmehr habe ich davon jedoch nicht verstanden, wie ich zu meiner Schande gestehen muss. Die Idee Sie in Sohag zu suchen stammte übrigens von Falih. Wir hatten die Hoffnung, dass Sie nicht außer Landes gebracht wurden und wollten uns auf archäologische Stätten konzentrieren, die vorrübergehend gesperrt waren. Da zeigte Falih uns ein Bulletin, in dem Sohag genannt wurde. Vorher waren wir noch in Saujet el-Arjan. Dort wären wir aber nie reingekommen und außerdem hat uns auch noch eine Militärstreife aufgehalten."

„Ja, da verstehen die hier keinen Spaß. Nochmals vielen herzlichen Dank für Ihren Einsatz."

Nach dem Essen saßen sie auf der Terrasse und Whiteman ging detailliert auf seine Notizen ein.

„Ihnen sind bestimmt die Hinweise und Zitate aus dem Hitat aufgefallen."

„Allerdings, nur konnte ich damit nicht allzu viel anfangen. Es war sehr verworren."

„Tja, das stimmt", lachte der Professor, „die alten ägyptischen und arabischen Geschichtsschreiber hatten eine sehr blumige Art sich auszudrücken. Diese Schriften muss man richtig deuten können, sonst versteht man nicht, was sie uns sagen wollen. Darin verbergen sich die Beweise, die wir suchen."

„Das hatte ich erfolglos versucht. Alleine aus diesen Zitaten wurde ich schon nicht schlau. Da stand zum Beispiel, dass ein Lehrer – den Namen habe ich vergessen – behauptet hatte, ein König Saurid wäre der Erbauer der Pyramiden. Dann zitierten Sie diese Stelle, in der dann etliche Namen und eine ganze Ahnenreihe auftauchten."

„Das stimmt", lachte Whiteman, „Saurid wurde auch als Thoth, als Hermes, als Idris und bei den Hebräern als Henoch benannt. Es handelt sich aber, wenn man den alten Schriften glauben darf, um ein und dieselbe Person. Saurid hatte eine lange Ahnenreihe vorzuweisen, die auch in den alten sumerischen Schriften, in den jüdischen Überlieferungen und in der Bibel zu finden ist. Demnach ist Saurid der siebte Ur-König, oder auch vorsintflutliche König. Es gab also vor der Sintflut bereits eine Hochkultur in diesem Land. Die Ägypter sprechen hier von der ersten Zeit, oder der alten Zeit. Auch in Baalbek im Libanon wurden Beweise dafür gefunden, dass diese Region schon vor über 10.000 Jahren besiedelt war und es wurden Reste von Monumentalbauten aus dieser Zeit unter den Ruinen der römischen und griechischen Tempelanlagen gefunden. Aber nicht nur dort. Auch in Tiwanaku und Pumapunku in Bolivien gibt es monumentale Bauwerke, die bislang einer Prä-Inka Kultur aus dem sechsten Jahrhundert zugeordnet wurden, deren Entstehung aber Experten nun auf die Zeit datieren, in der meiner Meinung nach die Pyramiden erbaut wurden. Auch in der ehemaligen Inka Hauptstadt Cusco in Peru gibt es Bauwerke aus dieser Zeit, wie Sacsayhuamán und auch Qurikancha, auf deren Resten heute das Convente de Santo Domingo steht. Das alles sind Beweise für eine Vorsintflutliche Hochkultur auf der Erde."

„Aber das sind doch stichhaltige Beweise. Warum interessiert es niemanden?"

„Baalbek ist belegt, da sind sich fast alle einig, nur über die Stätten in Südamerika streiten sich noch die Archäologen."

„Verstehe. Bevor Sie entführt wurden fragte ich Sie, warum der eigentliche Eingang der Pyramide so hoch gelegen ist. Beantworten konnten Sie es dann nicht mehr."

„Laut dem Lehrer *al-Katib* baute Saurid diese Pyramiden um alles, was er von den ‚*Himmlischen*' erfahren und gelernt hatte, darin vor der Sintflut sicher zu verwahren. Der Eingang wurde mit Bedacht so weit oben angelegt, damit kein Wasser eindringen konnte."

„Ah, verstehe, das ergibt einen Sinn. Und wer sind

denn diese *Himmlischen*? Und woher wusste dieser Saurid, dass es eine Sintflut geben wird?"

„Wenn wir zwischen den Zeilen lesen war es wohl wirklich so, dass diese unbekannten frühzeitlichen Hochkulturen tatsächlich Kontakt mit Außerirdischen Besuchern hatten."

„Mit Aliens?"

„Das ist wohl eher ein unzutreffender neuzeitlicher Begriff. Hinweise darüber, dass es früher schon außerirdische Besucher auf der Erde gab, findet man in vielen alten Schriften und Bauwerken, wie zum Beispiel dem Pyramidenkomplex in Teotihuacán in Mexiko. Ein Mathematiker hat in den 1970er Jahren den Komplex mathematisch berechnet und dabei herausgefunden, dass alle Gebäude und Pyramiden exakt die Umlaufbahnen der neun Planeten unseres Sonnensystems abbilden, dabei wurde Pluto erst 1930 entdeckt. Und nicht nur das, selbst der Asteroidengürtel wurde präzise abgebildet und der ist auch erst seit dem Anfang des neunzehnten Jahrhunderts bekannt. Und nun das interessanteste an der Geschichte, der Komplex bildet auch die Umlaufbahn eines weiteren Planeten außerhalb von Pluto ab, der in einer elliptischen Bahn die Sonne umkreist. Wer weiß, vielleicht kamen die Himmlischen von dort? Aber auf alles genauer einzugehen würde jetzt zu weit führen, doch was Saurid, oder Henoch betrifft, wie die Hebräer ihn nennen, ist das sehr gut dokumentiert. Er hat selbst viele Schriften verfasst, in denen er das Wissen niederschrieb, was ihm die Besucher übermittelten."

„Verstehe, und das hoffen Sie in der Pyramide zu finden."

„Genau."

„Aber die Pyramiden wurden schon so intensiv erforscht, wo sollte denn so ein Archiv noch zu finden sein?"

„Das steht ziemlich deutlich im Hitat:

...es gibt einen unterirdischen gewölbten Bau zu dem drei Pforten führen, die aus Marmor gefertigt waren...

Angeblich hatte Kalif al-Ma'mun diese Pforten gesehen und von einer blauen Beschriftung berichtet, die aber niemand lesen konnte."

„Wie die Schrift auf dem Artefakt."

„Richtig. Sie haben ja sicher auch das Zitat gelesen:

...und an ihren Decken und Wänden und Stelen alle Geheimwissenschaften aufgezeichnet und die Bilder aller Gestirne daran gemalt...auch wurden die Namen der Heilmittel verzeichnet...dazu die Wissenschaft der Arithmetik und Geometrie...deutbar für den, der ihre Schrift und Sprache

kennt…um alles vor der Sintflut zu schützen…

Das ist es was wir suchen. Diese Kammer, oder dieser Raum, wird als Halle des Wissens, oder Halle der
Aufzeichnungen beschrieben und die gilt es zu finden."

Phillips blätterte in seinem Notizbuch.

„Eines hatte mich noch verwirrt. Sie sagten mir,
dass Herodot nach seinem Aufenthalt in Ägypten und
aufgrund von Erzählungen Cheops zum Erbauer der
Pyramide gemacht hat. Nun fand ich in Ihren Aufzeichnungen noch einen weiteren Vermerk zu Herodot. Sie schrieben, dass Herodot von großen unterirdischen Kammern in der Pyramide berichtete, die er
selbst aber nicht betreten durfte, da dort die großen
Könige bestattet seien. Ist das nicht ein Widerspruch?
Falls Cheops die Pyramide als sein Grabmal erbaut
hat, wer wurde dann noch dort bestattet?"

„Richtig. Deshalb habe ich auch diese Notiz geschrieben. Das passt nicht. Wenn aber Saurid der Erbauer war, dann könnte es passen. Dann wären dort
unter Umständen die Ur-Könige bestattet worden.
Aber in Herodots *Historien* steht noch etwas anderes.
Er schreibt man hätte ihm nachgewiesen, dass zwischen dem ersten König von Ägypten und dem Priester des Hephaistos dreihundertvierzig Menschenalter

lagen. So viele Könige hätte es bis dahin gegeben. Herodot setzt für hundert Jahre drei Menschenalter an und kommt damit auf etwa 11.300 bis 11.400 Jahre. Er hatte von Dares, dem Priester des Hephaistos zurückgerechnet, der nach Herodot etwa zurzeit Ramses II. gelebt hat. Rechnen wir diese Zeit bis heute noch dazu und ziehen die Zeit der ersten sechs Könige ab, sind wir wieder bei dem von mir angenommenen Alter der Pyramiden von etwa 12.500 Jahren. König Saurid hätte demnach nicht nur sein Wissen in der Pyramide deponiert, sondern auch seine sechs Vorgänger dort bestattet, um sie vor der Flut zu schützen."

„Und das alles wird ignoriert?"

„Ja, wie man sieht. Sie picken sich nur die Aussage aus Herodots Historien heraus, die Cheops als Erbauer nennt."

„Das ist wirklich unglaublich."

„Ich hätte da noch eine Frage", fuhr Phillips nach einer kurzen Pause fort, „in Ihren Notizen aus dem Hitat stand noch etwas, mit dem ich nichts anzufangen wusste. Es hieß dort, dass man nach der Sintflut, als das Wasser zurückgegangen war, nichts mehr fand, keine Stadt außer Nehawend und die Pyramiden. Sie sahen so aus wie vorher, oder so ähnlich. Was bedeutet das und was ist Nehawend?"

„Nehawend ist eine alte Stadt im Westen des heutigen Iran. Wenn alle in diesem Großraum bekannten Städte, außer Nehawend, durch die Flut zerstört wurden könnte dies bedeuten, dass diese Flut doch geografisch begrenzt war und nicht bis nach Persien reichte, da das Wasser die vorgelagerten Gebirge nicht übersteigen konnte. Die Pyramiden haben der Flut standgehalten. Allerdings soll Nehawend erst im vierten oder fünften Jahrhundert v. Chr. von Dareios I. gegründet worden sein. Was bedeuten würde, dass sie entweder bei der Flut noch nicht existierte, oder es an der Stelle eine noch viel ältere Stadt gab."

In diesem Moment kam Falih völlig aufgelöst auf die Terrasse gestürmt.

„Professor, Professor, die waren da! Die suchen nach Ihnen?"

„Jetzt beruhige dich erst einmal und setz dich", meinte Newman, der die ganze Zeit kein Wort gesagt und nur andächtig zugehört hatte. „Wer war wo?"

Falih ließ sich auf einen Stuhl fallen.

„Sie waren zu viert. Abbas, zwei Polizisten und ein Mann im Anzug. Sie wollten wissen, ob Sie wieder aufgetaucht wären. Als ich verneinte, stießen sie mich beiseite und durchsuchten das ganze Zelt."

„Und dann?"

„Sind sie wieder gefahren. Sie müssen hier weg."

„Ist Abbas der von der Behörde?", fragte Newman.

„Ja, der Leiter der Ägyptischen Altertümer Verwaltung."

„Dann wissen wir ja woher der Wind weht. Wenn der mit zwei Bullen hier aufkreuzt heißt das, sie arbeiten zusammen. Wer war denn der Mann im Anzug?"

Falih zuckt mit den Schultern.

„Weiß nicht. Er war auf jeden Fall Amerikaner."

„Na toll, dann steckt die Agency tatsächlich auch mit drin."

„Professor, Sie müssen so schnell wie möglich das Land verlassen", mischte sich nun Phillips ein. „Hier sind Sie nicht mehr sicher. Ich buche für morgen unsere Flüge. Falih, dir kann nichts passieren. Du solltest morgen das Grabungsteam auflösen, alles abwickeln und nachkommen. Geht das?"

„Ja natürlich. Hauptsache der Professor ist in Sicherheit."

„Nein, das können wir nicht machen", widersprach Newman. „Wir können ihn nicht alleine lassen."

„Was schlägst du vor?"

„Du fliegst morgen mit dem Professor und ich komme mit Falih nach. Wenn die Vögel nochmal auftauchen braucht er Schutz und Hilfe."

„Gut, ich gehe aufs Zimmer und buche unsere Flüge."

Als Phillips durch die Bar das Foyer betreten wollte, sah er die vier Männer die Falih beschrieben hatte, angeregt mit dem Mann an der Rezeption diskutieren. Sofort drehte er um und rannte zurück auf die Terrasse.

„Sie sind hier. Sie suchen nach Ihnen."

Newman sprang sofort auf.

„Kommen Sie Professor, wir verschwinden durch den Garten. Du kommst mit, Falih. Und du Mark gehst auf das Zimmer, das du für den Professor gebucht hast. Wenn sie kommen, lass dir was einfallen."

„Ok, verschwindet jetzt."

Newman und Falih hakten sich bei Whiteman, der immer noch etwas geschwächt war, unter und verließen die Terrasse in Richtung Garten, während Phillips sich auf sein Zimmer schlich. Dort holte er seinen Laptop und ging schnell in das Zimmer von Whiteman.

Er wollte gerade die Flüge buchen, als schon die Türe aufgerissen wurde und die beiden Polizisten den Raum betraten. Abbas und der Mann im Anzug blieben im Flur stehen.

„Was soll das denn werden? Von anklopfen halten Sie wohl nicht viel, oder wie soll ich diesen Auftritt hier verstehen?"

Die beiden bauten sich drohend vor ihm auf.

„Wo ist er?"

„Wo ist wer?"

„Whiteman", rief Abbas von der Türe her.

„Und Sie sind?"

„Dr. Marik Abbas, Leiter der Altertümer Verwaltung."

„Aha. Wie Sie vielleicht wissen ist der Professor verschwunden und die Polizei sollte ihn eigentlich suchen."

„Wir haben gehört, er würde sich hier verstecken."

„Wenn er hier wäre, müsste er sich ja nicht verstecken. Er hat ja wohl das recht hier zu sein, oder? Außerdem, warum suchen ausgerechnet Sie ihn?", wandte er sich an Abbas.

„Äh, wegen Diebstahl von antiken Artefakten."

„Whiteman? Niemals! Dass ich nicht lache."

„Also wo ist er Mr. Journalist?", fragte einer der Polizisten.

Phillips fragte sich woher sie wussten, dass er Journalist war, denn diese beiden hatte er bisher noch nie gesehen und Abbas auch nicht.

„Woher wissen Sie denn, dass ich Journalist bin?", fragte er vorsichtig.

„Wissen wir eben. Also wo verstecken Sie ihn?", fragte Abbas.

„Sie können ja mal unter dem Bett nachsehen, aber ich wüsste nicht was Sie das überhaupt angeht. Also verschwinden Sie, oder ich schalte die amerikanische Botschaft ein. An einer Diplomatischen Verwicklung dürften Sie wohl wenig Interesse haben."

Die beiden Polizisten drehten sich fragend um und der Mann im Anzug nickte kaum merklich. Daraufhin verließen sie wortlos das Zimmer.

Phillips schnaufte tief durch. Ihm war zuletzt der Schweiß ausgebrochen. Jetzt brauchte er etwas zur Stärkung. Er holte sich einen Whiskey aus der Minibar und trank ihn auf einmal aus.

Wenn der Typ im Anzug den Rückzug antrat, als er mit der Botschaft drohte, konnte das ja nur bedeuten, dass es eine inoffizielle und illegale Aktion war, die sie in einem gewissen Rahmen durchführen konnten und ein paar korrupte Bullen verliehen der Sache einen offiziellen Touch. Und daher waren sie sehr wahrscheinlich auch auf dem Flughafen sicher. Hoffte er zumindest.

Was nun? Als erstes musste er die Flüge buchen und die Rechnung begleichen. Falls es morgen eng werden würde, konnten sie so jederzeit verschwinden. Als er zurück in sein Zimmer kam, saß Newman auf seinem Bett und grinste ihn an.

„Wie kommst du denn hierher? Und wo ist Whiteman?"

„Wir sind durch die Hintertür zurück, nachdem

die Drecksäcke weg waren. War's schlimm?"

„Nein, Abbas beschuldigt den Professor Artefakte gestohlen zu haben. Aber die ganze Sache sieht für mich sehr improvisiert aus. Als ich mit der Botschaft gedroht habe sind sie abgezogen."

„Falih ist bei Whiteman. Er hilft ihm packen. Wenn sie fertig sind, fahren wir gleich los. Schlafen könnt ihr am Flughafen. Die Rechnung begleich ich dann morgen."

„Ist schon erledigt."

„Super. Noch einen Drink?"

„Warum nicht? Ich sage nur noch Bescheid."

„Ich hab schon alles mit Falih besprochen."

Sie gingen in die Hotelbar und Newman bestellte zwei doppelte Bourbon.

„Hast du gesehen, wie der Typ an der Rezeption uns gemustert hat?"

„Ja, der ist froh wenn wir weg sind."

Eine halbe Stunde später waren sie unterwegs in Richtung Flughafen, ohne noch einmal behelligt worden zu sein.

11

Die Halle des Wissens

Fünf Monate waren seit ihrer Rückkehr aus Ägypten vergangen. Die Artikel-Reihe von Phillips hatte
anfänglich für viel Aufsehen und zur Schau gestellten
Ärger in der Politik gesorgt, aber dann auch zuse-
hends für Anfeindungen aus der Wissenschaft.

Die Defense Intelligence Agency hatte es nicht einmal für nötig befunden, die gegen sie erhobenen Vor-
würfe der Beteiligung an der Entführung zu demen-
tieren oder überhaupt zu kommentieren.

Professor Whiteman wurde von den üblichen Ver-
dächtigen als Spinner und Verschwörungstheoretiker
beschimpft, seine Theorien als haltlos hingestellt. Dabei konnte die Gegenseite außer ihren Anschuldigun-
gen nicht den Hauch eines Gegenbeweises liefern.

Später verschwand die Geschichte aus dem öffentlichen Interesse und die alltägliche Tristesse kehrte
wieder in der Medienlandschaft ein.

Nur Mark Phillips hatte nichts vergessen. Er
dachte, wenn er abends zu Hause saß, noch oft an die
Erlebnisse und an das, was er dabei gelernt hatte. Al-

les hatte er immer noch nicht verstanden, dafür war es zu komplex und für seinen Verstand zu fantastisch, aber das große Ganze ergab für ihn nun Sinn.

***

Phillips saß in der Redaktion an seinem Schreibtisch und schrieb gerade einen Artikel über den Vormarsch der Taliban auf Kandahar.

„Wann würde die verdammte Regierung endlich einsehen, dass sie diesen völlig unnützen Krieg nicht gewinnen können?", dachte er verbittert. „In Vietnam konnten sie es ja auch nicht und es gab unzählige unnötige Opfer. Auf beiden Seiten."

Das Läuten seines Telefons unterbrach seine trübsinnigen Gedanken. Sein Gesicht hellte sich schlagartig auf, nachdem er sich gemeldet hatte. Es war Professor Whiteman.

„Professor, schön wieder von Ihnen zu hören. Gibt es etwas Neues?"

„In der Tat junger Mann, in der Tat. Dank Ihnen und Ihrer Zeitung."

„Inwiefern? Sie machen mich neugierig."

„Wäre es Ihnen möglich mich in den nächsten Tagen hier in Chicago zu besuchen?"

„Klingt geheimnisvoll. Ich werde es möglich machen. Passt es Ihnen gleich morgen?"

„Aber sicher. Sie finden mich in meinem Büro in

der Universität. Ich freue mich."

„Ich mich auch. Dann bis morgen."

Phillips rieb sich die Hände. Das versprach wieder sehr interessant zu werden. Er schrieb rasch seinen Artikel fertig, schickte ihn ab und machte sich gut gelaunt zum Büro seines Chefs. Sehr zu seiner Verwunderung gab Wilson seine Zustimmung für den Besuch in Chicago. Er war offenbar nach wie vor interessiert an dieser Geschichte.

***

Nachdem die Maschine am späten Vormittag in Chicago gelandet war, nahm sich Phillips ein Taxi und ließ sich zur University of Chicago bringen.

Kurz nach Fahrtantritt saßen sie fünfzehn Minuten in einem Stau fest und erst eineinhalb Stunden später setzte ihn der Fahrer vor dem Gebäude des Fachbereichs ab.

Im Gegensatz zu den meisten anderen Gebäuden auf dem Campus, die aus dem Ende des neunzehnten und Anfang des zwanzigsten Jahrhunderts stammten, war dies ein schmuckloses neues Gebäude aus Glas und Beton.

Professor Whiteman erwartete Phillips bereits und begrüßte ihn freudig.

„Die Verspätung tut mir leid, aber wir saßen im Stau fest."

„Das macht doch nichts. Hauptsache sie haben es geschafft. Nehmen Sie doch bitte Platz. Kaffee habe ich auch schon gemacht. Einen den man trinken kann", ergänzte er in Anspielung auf den Automatenkaffee bei ihrem ersten treffen in der Universität von Washington.

„Sie machen mich neugierig Professor. Was gibt es denn, was Sie nicht am Telefon sagen konnten?"

„Es gibt wahrhaft gute Neuigkeiten. Aufgrund Ihrer Artikel und der daraus resultierenden Intervention unserer Botschaft in Kairo, wurde Marik Abbas von seinem Posten entfernt und ein neuer Leiter des Amtes für Ägyptische Altertümer installiert."

„Das ist ja schon einmal ein Anfang. Also war Abbas in Ihre Entführung verwickelt?"

„Das ist leider noch nicht geklärt und wie es aussieht wird es das auch nicht mehr. Die Ägypter werden es niemals zugeben. Aber wir können durchaus zufrieden sein."

„Ich hätte schon gerne gewusst, wer alles dahinter steckt. Sie nicht?"

„Doch schon. Es war wohl eine konzertierte Aktion mit mehreren Beteiligten, wobei ich Abbas immer noch als federführend sehe. Er hat, neben ein paar anderen Ägyptologen, am meisten zu verlieren. Zumindest dann, wenn ich die Beweise erbringen würde.

Aber befassen wir uns doch mit dem Hier und Jetzt. Der neue Amtsleiter, ein gewisser Ahmed Najjar, hat mir meine Lizenz zu den früheren Konditionen verlängert."

„Das heißt, Sie dürfen wieder in den Pyramiden forschen?"

„Genau."

„Das klingt ja wunderbar. Und wann geht's los?"

„In zwei Wochen. Anfang Oktober. Ich möchte keine Zeit verlieren, aber es muss noch viel vorbereitet werden."

„Wie sehen denn Ihre Pläne konkret aus?"

„Zum einen wollen wir eine neue Technik ausprobieren, die Kollegen aus Japan und Frankreich gerade entwickeln. Die Entwicklung ist zwar noch nicht abgeschlossen, aber so können sie schon einmal vor Ort testen."

„Klingt spannend. Um was geht es dabei?"

„Es ist eine Weiterentwicklung der Myonen Tomografie."

„Ich glaube nun bin ich überfordert."

„Dann will ich es Ihnen möglichst einfach erklären. Myonen sind Elementarteilchen der kosmischen Strahlung, ähnlich der Elektronen, sie haben nur eine wesentlich größere Masse. Jeder Quadratmeter der Erde auf Normalniveau wird von etwa 100 Myonen pro Sekunde durchdrungen. Die Kollegen wollen, um es einfach zu sagen, mit einem bildgebenden Verfahren die Flugrichtung der Myonen innerhalb der Pyramide feststellen. Dazu werden zur Aufnahme Bildplatten ausgelegt, die dann ein paar Tage bestrahlt werden. Diese Platten kommen danach zur Auswertung ins Labor. Somit könnte man unbekannte Hohlräume genau nachweisen."

„Und das funktioniert?", staunte Phillips. „Dringen diese Myonen auch so tief in die Pyramide ein? Die ist doch fast wie ein Berg."

„Hoffentlich. Bereits in den 1950er Jahren versuchte man damit die Dichte von Gebirgen zu bestimmen. Vor fast vierzig Jahren hat ein Physiker, ein Landsmann und Nobelpreisträger, mit einem heute veralteten Teilchendetektor Versuche in der mittleren Pyramide unternommen. Es wurden über zwei Millionen kosmische Strahlen registriert. Das Team hatte keine Erklärung dafür. Ihr Fazit: Es gibt innerhalb dieser Pyramiden Kräfte, die allen Gesetzen der Physik trotzen."

„Sind das die Anomalien, von denen Sie damals sprachen?"

„Auch, ja. Ich möchte aber nicht abschweifen. Wir werden parallel dazu auch wieder ein Geo-Radar einsetzen."

„Hatten Sie das nicht schon?"

„Ja, aber nun suchen wir im äußeren Bereich. Sie erinnern sich noch an das Artefakt, das Falih gefunden hatte und was uns dann bei meiner Entführung gestohlen wurde?"

„Aber natürlich."

„Ich hatte doch ein Foto davon meinem Freund Richmond geschickt…"

„…ja, und er hatte ähnliche Schriftzeichen schon einmal in Südamerika gesehen…ach und ein Kollege von ihm irgendwo in Frankreich."

„Genau. In Glozel um genau zu sein. Nun glauben sie, dass ihnen eine Teilentzifferung gelungen sein könnte."

„Wow! Und was bedeuten die Zeichen?"

„Richmond schrieb mir gestern, dass diese Schriftzeichen wahrscheinlich das Wort *Maerifa* bedeuten könnten. Das ist das arabische Wort für Wissen. Zusammen mit der *Lēmnískos* und dem Zeichen für die Pyramide könnte es bedeuten:

Das unendliche Wissen ist in der Pyramide.

„Jetzt verstehe ich. Das vermuten Sie in den geheimen Kammern."

„Genau. Und was auch erstaunlich ist, es wurde von

rechts nach links geschrieben, wie im Arabischen."

„Das würde ja bedeuten, dass diese Schriftzeichen wahrscheinlich der Ursprung der arabischen Schrift wären."

„Könnte sein, aber ich würde eher sagen, der ägyptisch hieratischen Schrift. Zumal das Alt-Ägyptische nicht mit dem Arabischen verwand ist."

Whiteman machte eine kurze Pause und blickte nach unten. So, als müsste er erst gründlich überlegen was er noch zu sagen hatte. Dann hob er den Kopf und sah Phillips direkt an.

„Mr. Phillips, ich muss gestehen, dass ich Ihnen damals noch nicht alles erzählt hatte. Ich wollte erst sehen, wie sich unser Verhältnis entwickelt, bevor ich so sensible Informationen weitergebe. Dann kam meine Entführung dazwischen."

„Sie werden schon Ihre Gründe dafür gehabt haben und ich habe ja auch keinen Anspruch auf irgendwas."

„Oh doch das haben Sie. Spätestens jetzt. Sie haben mein Leben gerettet und sich in Gefahr begeben und damit haben Sie der ganzen Sache einen unbezahlbaren Dienst erwiesen."

Whiteman räusperte sich kurz, bevor er fortfuhr.

„Ich denke, dass Sie immer noch viele Fragezeichen dazu im Kopf haben."

„Das stimmt", lachte Phillips, „sehr viele, um die Wahrheit zu sagen."

„Ich gebe zu, mein Notizbuch ist nicht strukturiert geschrieben. Ich habe meine Erkenntnisse so wie sie kamen einfach notiert. Nun möchte ich sie einweihen..."

„...darf ich mir Notizen machen?"

„Natürlich. Es ist zu Umfangreich, um sich alles zu merken. Ich hatte Ihnen vor Ort meine Theorie ja schon grob erklärt und an Beispielen verdeutlicht. Es geht hauptsächlich darum den Beweis zu erbringen, dass die Pyramiden von Gizeh viel älter sind, als die Archäologie behauptet. Der zweite Punkt ist herauszufinden, wer sie tatsächlich gebaut hat und wie. Darüber kämen wir zum dritten Punkt – zu welchem Zweck dienten sie?"

Der Professor nahm das Notizbuch, dessen Inhalt Phillips damals vor unlösbare Rätsel gestellt hatte, von seinem Schreibtisch und schlug es auf.

„Die drei Punkte, die ich Ihnen genannt habe, gehen eigentlich fließend ineinander über. Können wir das Alter bestimmen, können wir den Erbauer bestimmen. Kennen wir den, erschließt sich der Sinn dieser Bauten. Aber nun der Reihe nach. Zuerst einer der besten Beweise dafür, dass Chufu nicht der Erbauer der Pyramide war. Im Jahre 1850 entdeckte ein französischer Schriftsteller in dem Isis Tempel neben der Pyramide eine Stele, die heute im Ägyptischen Museum in Kairo zu sehen ist. Auf dieser Stele steht:

Anch Hor Mezdau Suten-bat Chufu tu anch

Das heißt: *Es lebe Horus Mezdau, dem König von Ober- und Unterägypten Chufu ist Leben gegeben.* Was bedeutet, diese Stele ist von ihm selbst und es heißt weiter: Er gründete das Haus der Isis, der Herrin der Pyramide neben dem Haus der Sphinx. Weiter steht dort, dass Chufu neben dem Tempel der Göttin, den er restauriert hat, eine Pyramide für seine Frau Henutsen gebaut hat. Die hatte ich Ihnen gezeigt. Damit ist klar belegt, dass sowohl die Pyramide, als auch die Sphinx und der Isis Tempel vor Chufu schon existierten. Und damit kann auch mit der Mähr aufgehört werden, Chefren hätte die mittlere Pyramide und die Sphinx gebaut."

„Das ist einleuchtend. Fragt sich nur, warum das niemand in Betracht zieht?"

„Die Gründe sind ja bekannt. Über das was im Hitat darüber steht und über die Halle der Aufzeichnungen hatten wir ja bereits ausführlich gesprochen. Auch über die astronomische Ausrichtung. Nun gibt es noch etwas, dass Sie nicht wissen. Es gab vor vielen

Jahren schon mehrfach wissenschaftliche Untersuchungen, die meine Theorie stützen würden, die aber entweder nie bekannt wurden, oder ihnen keine Bedeutung beigemessen wurde."

Whiteman schenkte Kaffee nach und lehnte sich in seinem Sessel zurück.

„Es gab einen genialen amerikanischen Archäologen, der heute unverständlicherweise komplett in Vergessenheit geraten wäre, gäbe es seine Stiftung nicht. Sein Name war Dr. John Ora Kinnaman. Er arbeitete einige Jahre mit dem großen britischen Archäologen Sir William Flinders Petrie zusammen. Ihre Zusammenarbeit konzentrierte sich hauptsächlich auf die Erforschung der großen Pyramide und dies, laut Kinnaman, über einen Zeitraum von elf Jahren. Leider habe ich selbst bis jetzt noch keine schriftlichen Dokumente über diese Jahre finden können, aber es gibt ein herausragendes Tondokument. Im Jahre 1955 hielt Dr. Kinnaman einen Vortrag vor einer kleinen Gruppe von Freimaurern in Kalifornien. Diesen Vortrag nahm er nebenbei auf Tonband auf."

„Und kam in dem Vortrag etwas Besonderes vor? Etwas, dass Ihnen weiterhelfen könnte?"

„Und ob, mein Lieber. In diesem Vortrag erwähnt er, dass Flinders Petrie und er einen geheimen Eingang zur großen Pyramide gefunden hätten. Und zwar auf der Südseite. Wie Sie ja selbst sehen konnten, ist der eigentliche Eingang auf der Nordseite. Er beschrieb mehrere Kammern im Inneren, in denen alte Schriften und Apparaturen lagerten, die seiner Meinung nach zum Bau der Pyramide verwendet wurden."

„Donnerwetter, das wäre ja dann die Halle des Wissens, die Sie suchen. Die gibt es wirklich. Sie ist real."

„Es sieht so aus. Wenn es sie wirklich gibt, werden wir sie finden. Da bin ich mir nun sicher."

„Wann war denn diese sensationelle Entdeckung?"

„Das soll im Jahre 1938 gewesen sein."

„Ich frage mich nur, warum man davon nie etwas gehört hat."

„Dr. Kinnaman soll sich mit Flinders Petrie einig gewesen sein die Sache für sich zu behalten, da die Menschheit dafür noch nicht reif gewesen sei."

„Was soll denn daran so schlimm gewesen sein, dass es niemand erfahren durfte?"

„Na ja, laut Kinnamans Aussage hielt er die Pyramide für noch viel älter als ich es tue. Er glaubte sie sei 35.000 Jahre alt und die Überlebenden von Atlantis hätten sie erbaut. Das ginge aus den Schriften hervor, die sie dort fanden. Falls das stimmen sollte, wäre das die Sensation überhaupt. Damit wäre auch der Mythos Atlantis bestätigt."

„Aber Sie glauben nicht daran?"

„Ich habe meine Bedenken, das gebe ich zu. Ausschließen will ich es aber nicht, denn im Hitat gibt es ja auch den Hinweis, dass die Kanten der Pyramiden nach den Winden, also nach den Himmelsrichtungen ausgerichtet seien. Wenn dem so wäre, müssten sie tatsächlich so alt sein, da der Pol damals ja viel weiter südwestlich lag."

„Das war mir auch damals aufgefallen, hatte es aber wieder verdrängt. Es klingt sehr abenteuerlich."

„In der Tat. Lassen wir uns überraschen. Aber es gibt noch etwas. Wir hatten ja schon über die Anomalien in den großen Pyramiden gesprochen..."

„Ja, richtig."

„Dr. Kinnaman hat hinterlassen, dass es tief unter der Pyramide eine Kammer gäbe, in der ein großer Kristall liegen würde. Dieser Kristall wäre eine riesige Energiequelle und die Pyramide selbst dadurch ein Teil eines Weltumspannenden Funksystems, mit dem man sogar bis nach Amerika senden konnte."

„Mit Verlaub, das klingt nun aber wirklich sehr abenteuerlich. Die alten Ägypter und Amerika?"

„Auf den ersten Blick könnte man das meinen, aber es gibt auch dafür Beweise."

„Im Ernst?"

„Ja, tatsächlich. Im April 1909 erschien in der Phoenix Gazette ein Artikel über die außergewöhnlichen Funde einer Expedition des Smithsonian Institute. In mehreren Höhlen im Grand Canyon wurden dabei ägyptische Artefakte gefunden wurden, die auf die Vor- oder Frühzeit der Pharaonen hindeuten. Die Höhlen liegen interessanterweise in einer Höhe, die oberhalb des früheren Wasserspiegels lag. Auf einer Steintafel gab es eine Abbildung von Osiris und Schriftzeichen, die denen von unserem Artefakt verblüffend ähnlich sind."

„Davon habe ich noch nie etwas gehört."

„Werden Sie auch nicht. Seit dieser Veröffentlichung ist dieser Bereich Sperrgebiet. Warum wohl? Und das Smithsonian bestreitet jemals dort etwas Derartiges gefunden zu haben. Sie verleugnen sogar ihre eigenen Archäologen, die diese Funde machten. Es ist nur seltsam, dass es eine Karte von dem Gebiet gibt, auf der einige Bereiche ägyptische Namen tragen wie *Tower of Seth*, oder *Tower of Ra*. Kommt Ihnen das bekannt vor?"

„Das soll also ebenfalls unter den Teppich gekehrt werden, wie Ihre Forschungsergebnisse auch."

„Es scheint so."

„Das ist alles wirklich unglaublich. Bin wirklich gespannt was Sie im wahrsten Sinne des Wortes noch alles ausgraben werden."

„Wir konzentrieren uns jetzt erst einmal ausschließlich auf die Halle der Aufzeichnungen. Ich
hoffe doch, dass Sie und Mr. Newman wieder dabei
sein werden."

„Garantiert. Das lassen wir uns nicht entgehen. Es
war bislang ein unglaubliches und lehrreiches Erlebnis für uns."

„Schön, dann sehen wir uns dort. Ich verspreche
Ihnen, Sie werden es nicht bereuen."

12

Zurück in Gizeh

Nach den offenbar üblichen Einreiseproblemen wurden Phillips und Newman von Falih, der sie überschwänglich begrüßte, in Empfang genommen.

„Es freut mich sehr euch wiederzusehen. Der Professor konnte leider nicht selbst kommen, da die Kollegen aus Japan und Frankreich gestern ankamen und sie alles vorbereiten müssen."

„Freut uns auch dich zu sehen. Dann kommen wir ja wohl gerade richtig."

Sie luden das Gepäck in den Land Rover und fuhren los. Falih wählte diesmal die Strecke über die Schnellstraße und nicht durch das Gewühl der Stadt.

„Wie sieht denn euer Zeitplan aus?", wollte Phillips wissen.

„Na ja, heute wird die Myonen Tomografie vorbereitet und die Kollegen hoffen, dass sie bis morgen fertig sind."

„Ist das so aufwändig?"

„Ja, ihr werdet es sehen. Morgen werden wir dann das Geo-Radar an mehreren Punkten einsetzen."

„Dann sind wir aber mal gespannt und hoffen, dass der Professor findet, was er sucht."

„Das hoffe ich sehr. Er hat es verdient."

Als sie Gizeh erreicht hatten, brachte sie Falih zuerst zum Hotel, in dem sie vor einigen Monaten schon einmal untergebracht waren.

„So, jetzt könnt ihr erst einmal einchecken und euch etwas frisch machen. Danach müssen wir gleich los."

„Nicht einmal Zeit für einen Kaffee? Der im Flieger war echt scheiße", fragte Newman enttäuscht.

„Frühstück gibt's im Zelt."

„Oh, prima. Dann mal los."

Der Mann an der Rezeption war der gleiche wie bei ihrem letzten Besuch und er hatte ihre Gesichter offenbar noch nicht vergessen. Sein skeptischer Blick sprach Bände.

Eine halbe Stunde später stellte Falih den Wagen neben dem Grabungszelt ab. Dort wurden sie von Professor Whiteman herzlich begrüßt.

„Schön, dass Sie kommen konnten. Das wird bestimmt auch für Sie sehr interessant. Ich möchte Ihnen noch ein paar Kollegen vorstellen."

Sie folgten Whiteman ins Zelt, wo vor einem provisorischen Buffet ein paar Leute in ein anregendes Gespräch vertieft waren. Dort wurden ihnen zwei der

Anwesenden vorgestellt.

„Dies ist Dr. Kenzo Imura von der Waseda Universität Tokio. Er wird die Myonen Tomografie leiten, und das ist Dr. Jules Durand von der Université Paris Cité. Er leitet unsere geologischen Untersuchungen."

Nachdem man sich gegenseitig der Hochachtung versichert hatte, konnten Phillips und Newman endlich ihr ausgefallenes Frühstück nachholen, während die Wissenschaft sich an ihre Arbeit machte.

Sie hatten gerade ihren Kaffee ausgetrunken, als der Professor wieder auftauchte um sie abzuholen.

„Kommen Sie mit. Sie beginnen nun in der Pyramide alles aufzubauen und ich dachte, Sie würden es gerne sehen."

„Dann bin ich mal gespannt", meinte Phillips, „ich kann mir noch gar nichts darunter vorstellen."

Sie machten sich auf den beschwerlichen Aufstieg zum Eingang der Pyramide, die für die nächsten Tage für den Tourismus gesperrt war.

In den schmalen Gängen wuselten Techniker hin und her und schleppten Unmengen an Material in die verschiedenen Bereiche. An der großen Galerie blieb Whiteman stehen. Auf dem Boden waren große quadratische Platten von etwa sechzig Zentimeter Seitenlänge ausgelegt, die Ähnlichkeit mit einer Fotovoltaik Anlage hatten.

„Was ist das denn?", fragte Phillips erstaunt.

„Das sind die Platten, die den Myonen Strom auf-zeichnen. Sie registrieren kleinste Abweichungen. Die Ergebnisse werden dann in ein Computerprogramm eingespeist, was dann eventuelle Hohlräume nach-weisen kann."

„Das ist ja echt fantastisch."

„Ja, aber leider müssen wir uns in Geduld üben. Die Platten werden in drei Tagen nach Tokio ins Labor gehen. Von da an kann es ein paar Monate dauern, bis wir ein konkretes Ergebnis vorliegen haben."

„Schade. Ich platze schon vor Neugier."

„Wir alle hier", lachte Whiteman, „aber als Archä-ologe ist man warten gewohnt. Wir müssen in wesent-lich längeren Zeiträumen denken. Kommen Sie, lassen wir die Jungs in Ruhe aufbauen und schauen uns an, was die andere Gruppe mit dem Geo-Radar veranstal-tet."

Auf der Südseite der Pyramide trafen sie auf die Geologen, die systematisch den ganzen Bereich ab-schritten und immer wieder Markierungsfähnchen in den Sand steckten.

„Was machen die da?"

„Sie teilen den Bereich, der untersucht werden soll, in Quadranten oder Koordinaten auf. So ist es später einfacher die gescannten Bereiche zuzuordnen. Das

Ganze wird dann in einem 3D Modell dargestellt. Morgen früh beginnen wir mit den Messungen."

„Könnte hier die Halle sein?", fragte Phillips.

„Wenn wir Glück haben, ja. Wir müssen aber noch das Gesamtergebnis abwarten. Das wird noch einige Wochen, vielleicht Monate dauern. Aber es gibt noch mehr interessante Stellen. Dort drüben, nördlich der Sphinx, wurden 1980 Bohrungen vorgenommen. Dabei stieß man in etwa achtzehn Metern Tiefe auf eine Platte aus rotem Granit."

„Und das kann keinen natürlichen Ursprung haben?"

„Nein, bestimmt nicht. Hier gibt es weit und breit keinen roten Granit. Das Plateau besteht aus Kalkstein. Der Granit stammt aus einem Steinbruch bei Assuan und das liegt 1000 Kilometer südlich von hier."

„Und was könnte die Platte bedeuten?"

„Vielleicht die Abdeckung eines Raumes, oder eines Gangs. Wer weiß? Die Behörde hat leider weitere Arbeiten daran untersagt."

***

Als Phillips und Newman am nächsten Morgen zur Grabungsstätte kamen, herrschte dort, im Gegensatz zu üblichen Betriebsamkeit, gespenstige Stille.

Die japanische Crew saß in einem kleinen Zelt und überwachte dort auf ihren Computern die Technik, die sie innerhalb der Pyramide aufgebaut hatten.

Die Geologen schritten Stück für Stück die von ihnen abgesteckten Bereiche ab.

Phillips sah gebannt zu, während Newman alles fotografisch dokumentierte.

Gegen Nachmittag rief der Professor Phillips und Newman zu sich und beugte sich über einen Monitor.

„Hier können wir schon etwas sehen. Es gibt tatsächlich geologische Anomalien, die auf Hohlräume hindeuten."

„Aber festlegen kann man sich noch nicht?"

„Leider nein. Das wird wie gesagt noch etwas dauern."

„Schade."

Phillips und Newman blieben noch zwei Tage, bis die Geologen und die japanischen Techniker ihre Arbeit beendet hatten, dann flogen sie zurück nach Washington.

13

Die Entdeckung

Es waren mittlerweile schon wieder fast drei Monate seit seiner Rückkehr aus Ägypten vergangen und Phillips hatte seither nichts mehr von Professor Whiteman gehört.

Sicher, er hatte ihm vor dem Rückflug gesagt, dass die Untersuchungen in Tokio und Paris eine Weile dauern würden, aber so langsam wurde er ungeduldig und konnte sich kaum noch auf seine Arbeit in der Redaktion konzentrieren. Bis endlich Mitte Februar der erlösende Anruf kam.

Die Untersuchungen hatten eindeutige und teils auch überraschende Ergebnisse geliefert. Man hatte in der Pyramide nicht nur einen Raum über der großen Galerie, sondern gleich eine ganze Reihe von versteckten Kammern orten können. Diese Ergebnisse waren wissenschaftlich unanfechtbar.

Eine kleine Sensation waren auch die Ergebnisse des Geo-Radars. Es wurde ein etwa 700 Meter langer unterirdischer Gang gefunden, der sich von der großen Pyramide bis zur Sphinx erstreckte. So wie es in den alten Schriften stand. Vielleicht gehört auch die bei Bohrungen entdeckte Rosengranitplatte, von der ihm Whiteman erzählt hatte, zu diesem Gang. Langsam ergab alles ein Bild.

Außerdem wurde auf der Südseite der Pyramide ein größerer Raum von etwa zehn Metern Länge und zwei Metern Breite entdeckt. Unter der rechten Pranke der Sphinx wurde ebenfalls ein großer Hohlraum nachgewiesen.

Anfang März wollten Whiteman und sein Team mit den Arbeiten beginnen und er lud Phillips und Newman ein dabei zu sein.

Phillips sagte natürlich sofort zu, egal wie sein Chef dazu stand. Würde der Professor nun endlich seine Theorie beweisen können? Was würden die Ausgrabungen zu Tage fördern? Müssen die Geschichtsbücher umgeschrieben werden?

***

Robert Wilson hatte sich überraschend positiv gezeigt und der Reise zugestimmt. Offenbar war er genauso neugierig auf die Ergebnisse, wie Phillips selbst.

So trafen eine Woche nach Professor Whiteman auch Phillips und Newman wieder in Gizeh ein. Falih hatte sie am Flughafen abgeholt und direkt zur Grabungsstätte gebracht, wo sie von Whiteman herzlich begrüßt wurden.

„Schön, dass Sie es einrichten konnten. Sie werden es bestimmt nicht bereuen."

„Bestimmt nicht. Wie ich sehe, haben Sie schon begonnen."

„Ja. Wir versuchen nun außerhalb der Pyramide den Zugang zu dieser ominösen gewölbten Halle mit den drei Pforten zu finden. Vielleicht ist es ja der lange Raum, den wir orten konnten. Eine zweite Gruppe legt inzwischen den Gang zwischen der Pyramide und der Sphinx frei. Vielleicht finden wir so den Eingang zu dem Raum unter der Sphinx. Wir müssen uns beeilen, denn wir haben nur noch knapp zwei Monate Zeit. Für Arbeiten im Inneren der Pyramide und an der Sphinx haben wir leider keine Genehmigung erhalten."

„Kann ich Fotos davon machen?", fragte Newman und zeigte auf seine Ausrüstung.

„Ja natürlich. Wenn ich später davon Abzüge für das Grabungstagebuch haben könnte?"

„Selbstverständlich. So viele Sie möchten."

„Warum haben Sie keine Genehmigung dafür bekommen?", fragte Phillips verständnislos.

„Angeblich haben sie Angst, dass an der Bausubstanz etwas beschädigt wird."

„Verstehe."

„Schön, dann bringt Falih Sie ins Hotel und Sie können sich von dem langen Flug erst einmal erholen. Hier versäumen Sie im Moment ohnehin noch nichts. Außer dass tonnenweise Sand geschippt wird."

***

Als sie einchecken wollten, wurden sie von dem Mann an der Rezeption wieder argwöhnig beäugt. Es war immer noch der gleiche Mann, der seinerzeit die Aktion mit dem Professor mitbekommen hatte. Offenbar hatte er ein Gedächtnis wie ein Elefant und konnte sich noch recht genau an diese Geschichte erinnern.

Nachdem sie sich etwas frisch gemacht hatten, ließen sie sich ein ausgiebiges Frühstück schmecken. Doch danach zog es sie direkt zur Ausgrabungsstätte. Da die Temperaturen noch in einem angenehmen Bereich lagen, mochten sie nicht auf Falih warten, der sie eigentlich abholen wollte und gingen zu Fuß.

Phillips gesellte sich zu Professor Whiteman, währen Newman überall seine Fotos schoss.

Am späten Nachmittag hörten sie plötzlich den aufgeregten Ruf eines Grabungshelfers am südlichen Rand der Pyramide.

„Huna shay'"

„Er hat etwas entdeckt!", rief Falih und alle rannten zu der Stelle.

Der Professor sprach kurz mit seinem Mitarbeiter

und ein zufriedenes Grinsen zeigte sich in seinem Gesicht.

„Da ist eine Abmauerung mit einer Treppe. Sie führt weiter nach unten. Ich glaube, wir haben den Eingang gefunden."

Sofort wurden alle Kräfte an dieser Stelle gebündelt und es wurde fieberhaft gegraben, bis sie wegen der hereinbrechenden Dunkelheit aufhören mussten.

Phillips und Newman saßen danach noch eine ganze Weile mit Whiteman und Falih zusammen. Der Professor hatte eine Skizze angefertigt die zeigen sollte, wie sich seiner Vorstellung nach das gefundene Gemäuer in Gänze darstellen könnte.

***

Am nächsten Tag wurden die ersten Stufen freigelegt, die zwischen zwei Begrenzungsmauern nach unten in Richtung der Pyramide führten.

Die Spannung wuchs fast ins Unermessliche, als Stunden später am Ende der Treppe, einige Meter unterhalb der Basis, ein Portal aus poliertem Granit sichtbar wurde und das mit einer Marmorplatte verschlossen war. Rechts und links davon standen Statuen, die wundervoll herausgearbeitet waren, aber nicht dem typischen altägyptischen Stil entsprachen. Beide Statuen hatten in ihrer Mitte eine Öffnung, in der sich eine, aus grünem Kristall gearbeitete Kugel befand. So etwas hatten sie bislang noch nicht gesehen.

Doch wie sollte man das Portal öffnen ohne die Platte zu beschädigen, oder gar zu zerstören? Whiteman überlegte die halbe Nacht, ohne zu einem brauchbaren Ergebnis zu kommen. Zu passgenau war diese Platte eingefügt.

Am nächsten Morgen untersuchte der Professor zusammen mit Falih das Portal noch einmal intensiv.

Plötzlich gab es ein knackendes Geräusch und auf der rechten Seite der Marmorplatte wurde ein Schlitz sichtbar.

„Was war denn das? Was hast du gemacht?", fragte Whiteman überrascht.

„Ich hatte nur diese Kugel berührt. Dann ließ sie sich ein Stück nach hinten drücken."

„Sehr gut. Du hast den Öffner gefunden. Holst du bitte die anderen?"

Als kurz darauf Falih mit Phillips und Newman erschien, hatte sich schon der Rest der Grabungsmannschaft versammelt.

Ein paar Männer versuchten nun die Platte, die offenbar mit einer Metallachse im Portalsturz und im Boden fixiert war, zur Seite zu schieben oder zu drehen, was ihnen nach einer Weile auch gelang. Whiteman leuchtete den Raum dahinter aus. Er hatte eine gewölbte Decke und am Ende führte eine weitere

Treppe nach unten. Zu seiner großen Enttäuschung war der Raum aber leer. Nur an den Wänden und der Decke waren unbekannte Schriftzeichen zu sehen, die mit blauer Farbe aufgemalt waren.

Im Hintergrund, am Fuß der Treppe, war ein weiteres Portal zu sehen, was genauso wie das erste aussah.

„Fixiert bitte die Marmorplatte, damit sie sich nicht schließen kann, wenn wir drin sind", instruierte Whiteman seine Mitarbeiter, die sofort den Eingang mit schweren Holzbalken absicherten.

Das zweite Portal ließ sich auf die gleiche Weise öffnen und auch dahinter führte eine weitere Treppe noch tiefer nach unten. Am Ende dieses Raums, der ebenfalls eine gewölbte Decke hatte und mit Schriftzeichen versehen war, gab es wieder ein gleiches Portal, nur fanden sie in diesem Raum rechts und links Tische voller Papyrusrollen und Schriften auf einem, dem Papier ähnlichen Material.

„Leute, das ist die gewölbte Halle aus den alten Schriften. Ist das nicht wunderbar? Doch bevor wir weitergehen, müssen wir dies alles hier katalogisieren", erklärte der Professor euphorisch.

„Kann ich hier auch Fotos machen?", fragte Newman, der sich wie eine Mischung aus Indiana Jones und Quartermain vorkam.

„Aber gerne."

Kurz darauf hatten sie Scheinwerfer installiert, die den ganzen Raum ausleuchteten.

Die Papyri mussten mit großer Sorgfalt behandelt werden, denn sie waren so trocken, dass sie sonst sofort auseinanderfallen würden. Alle Rollen waren in einer Schrift verfasst, die niemand direkt entziffern konnte.

Zwei Tage lang arbeitete das Team unermüdlich, bis sie es geschafft hatten. Am folgenden Tag in aller Frühe öffneten sie das dritte Portal. Eine weitere Treppe führte nach unten in einen wesentlich größeren und ebenfalls gewölbten Raum. Was sie dort vorfanden verschlug allen die Sprache. Es war unglaublich. An den Wänden standen Reihen von Regalen voller Schriftrollen und seltsam anmutenden Objekten aus Gold und Bronze. In der Mitte stand ein großer, mehrere Meter langer Tisch, auf dem golden glänzende Platten aufgestapelt waren und auf diesen Platten waren eingravierte Schriftzeichen zu erkennen. Es mussten hunderte sein. Außerdem lagen dort noch Platten, die offenbar aus dünn geschliffenen Kristall zu bestehen schienen. Auf ihnen waren ebenfalls Schriftzeichen zu sehen. Auch sie waren vorerst nicht zu entziffern. Aber als Whiteman eine dieser hauchdünnen Platten vorsichtig anhob, ließ sie sich rollen und sogar falten. Legte er sie wieder hin, war sie glatt wie zuvor. Was war das für ein Material? Zumindest keines was ihnen bekannt war. Sie kamen aus dem Staunen nicht mehr heraus.

Als sie schließlich den hinteren Teil des Raumes ausleuchteten, kam etwas zum Vorschein was ihnen den Atem verschlug. Es waren zwei wundervoll gearbeitete Objekte, die aus glänzendem Metall zu sein schienen und so futuristisch aussahen, dass man sie eher in die heutige Zeit, oder in einen Science Fiction Film verorten würde. Doch mussten sie schon seit einigen tausend Jahren hier stehen.

Das erste maß ungefähr zweieinhalb Meter in der Länge und etwa einen Meter in der Höhe. Das andere Objekt war mindestens viermal größer.

„Was zum Teufel ist das denn?", stieß Newman aus.

„Ich habe keine Ahnung", gab Whiteman zu, als er seine Sprache wiedergefunden hatte, „das übertrifft alles was ich je erwartet hatte. Dann machen wir uns mal an die Arbeit."

„Und was machen wir damit?", fragte Falih und zeigte auf die beiden Objekte.

„Ich kenne einen Ingenieur, der in Kairo lebt. Ich rufe ihn gleich an. Er soll sich diese Objekte einmal ansehen. Vielleicht kann er Licht ins Dunkel bringen."

Sie begannen mit der Arbeit und am Nachmittag erschien Edward Miller, ein englischer Ingenieur, der vor Jahren ein Projekt seiner Firma hier leitete und der anschließend einfach blieb.

Whiteman begrüßte ihn und führte ihn in die Halle zu den beiden Objekten.

„Himmel!", entfuhr es Miller, als er das alles sah. „Da haben Sie ja einen Jahrhundertfund gemacht."

„Es sieht ganz danach aus. Wir wissen nur nicht was das dort sein könnte."

Miller starrte die beiden Objekte einen Moment lang an, dann berührte er sie vorsichtig.

„Darf ich das größere öffnen?"

„Ich denke schon, wenn Sie uns dann sagen können mit was wir es zu tun haben."

„Gut, dann lege ich mal los, Werkzeug habe ich vorsichtshalber gleich mitgebracht."

Die Aktivitäten blieben außerhalb nicht unbemerkt. Ab und zu kamen einige Neugierige bis nahe an die Grabungsstelle. Zuletzt musste Whiteman zwei Wachen aufstellen.

Drei Tage arbeiteten sie fieberhaft bis alles soweit katalogisiert und fotografiert war. Miller hatte zwischenzeitlich auch seine Untersuchung beendet und überraschte den Professor mit einer unerwarteten Aussage.

„Tja mein Lieber, es klingt zwar unglaublich und ich kann es selbst kaum glauben, aber das kleiner Objekt ist eindeutig das Modell eines Flugobjekts."

„Was? Ein Flugzeug? Sieht gar nicht so aus."

„Nein, eher ein Raumgleiter."

„Du liebe Güte. Und das große Ding?"

„Ich habe es aufgemacht und gründlich untersucht. Vom Aufbau her könnte es sich dabei um eine Antigravitationsmaschine handeln. Verstehen muss ich das nicht, aber es gibt für mich keinen anderen Schluss. Es ist alles vorhanden, was man dafür benötigen würde wie zum Beispiel Antriebsmagnete und eine Supraleitscheibe."

„Großer Gott! Das wäre ja der Beweis, dass es hier vor Urzeiten eine hochentwickelte Kultur gab."

„Oder sie kamen von da", dabei zeigte er mit dem Finger in den Himmel. „Denken Sie an das Raumschiff. Machen Sie es gut."

Whiteman blieb noch einen Moment regungslos stehen, dann ging zurück in die Halle um die anderen zu informieren, die es alle nicht fassen konnten.

Während das Team alles Material zusammenpackte, ging der Professor wieder nach draußen. Als er ins Freie trat, standen unvermittelt drei Männer vor ihm. Einer von ihnen war Ahmed Najjar, der Nachfolger von Marik Abbas. Das konnte wieder nur Ärger bedeuten.

„Professor Whiteman?", fragte der eine Mann, der ganz offensichtlich Amerikaner war.

„Ja, und wer sind Sie?"

„Mein Name ist Jerry McCarthey von der Defense Intelligence Agency und dies hier ist James Freeman von der National Security Agency. Mr. Najjar kennen Sie ja bereits."

„Darf ich einmal erfahren was zwei amerikanische Geheimdienste hier auf meiner Ausgrabungsstätte verloren haben?"

„Als wir erfuhren was Sie hier gefunden haben, hat unsere Regierung gemeinsam mit den ägyptischen Behörden beschlossen, dass dieser Fund nicht an die Öffentlichkeit gelangen darf."

Whiteman hatte das Gefühl, als hätte man ihm den Boden unter den Füßen entzogen.

„Wie bitte? Was soll das denn heißen? Warum sollte die Öffentlichkeit nicht erfahren was wir entdeckt haben? Ist das ein schlechter Scherz?"

„Nein, keineswegs. Unsere Regierungen haben übereinstimmend festgestellt, dass die Menschheit noch nicht reif ist um dies hier zu erfahren. Wir wollen so eine mögliche Massenpanik vermeiden. Daher haben wir gemeinsam beschlossen, dass diese Funde nicht weiter bearbeitet und publiziert werden dürfen.

Zuwiderhandlung fällt unter Geheimnisverrat. Was das bedeutet wissen Sie. Die Eingänge zu den Räumen werden zugemauert und die Grabungsstelle zugeschüttet. Sie darf erst wieder freigelegt werden, wenn die Zeit dafür reif ist."

„Und das bestimmen Sie, oder was?"

„Das bestimmen die verantwortlichen Fachleute unserer Regierungen. Und noch etwas. Pfeifen Sie auch diesen Phillips zurück. Ich will von ihm keine Zeile mehr darüber lesen müssen. Sie haben eine Woche um alles wieder in den ursprünglichen Zustand zu versetzten. Mr. Najjar zeichnet für die ordnungsgemäße Umsetzung verantwortlich. Mr. Whiteman…"

Damit drehten sie sich um, stiegen in ihren Wagen und ließen den Professor fassungslos zurück. Er brauchte einen Moment um sich zu sammeln, dann ging er zu den anderen in das Gewölbe um ihnen die neue Entwicklung mitzuteilen.

Falih, Phillips und Newman standen wie zu Salzsäulen erstarrt.

Newman fasste sich als erster.

„Verdammte Schweinebande!", schrie er. „Diese Hurensöhne! Ich wünsche ihnen die Pest an den Hals!"

„Und nun?", fragte Phillips niedergeschlagen. Jetzt würde nicht nur dieser Sensationelle Fund vor der

Menschheit verborgen bleiben, sondern auch sein fi-
naler Artikel dazu war damit geplatzt. Die ganze Arbeit war umsonst. Es wäre ein Sensationsreport gewesen.

„Tja, meine Freunde. Sie haben es gehört. Wir müssen alles verschließen und abreisen."

Aus Whitemans Stimme klang Resignation und
Traurigkeit. Jetzt wo er am Ziel jahrzehntelanger Arbeit angekommen war, wurde alles zunichte gemacht.
Nur weil ein paar Ignoranten in Geheimdiensten und
den Regierungen die Wahrheit über die menschliche
Geschichte nicht wahrhaben wollten. Der größte Fund
in der Geschichte der Archäologie sollte geheim bleiben.

Whiteman straffte sich.

„Haben Sie alles fotografiert, Mr. Newman?"

„Ja, alles im Kasten."

„Falih, wie weit bist du?"

„Nur noch ein paar Kleinigkeiten, dann ist alles katalogisiert und beschrieben."

„Gut, das können Sie uns nicht nehmen. Wir werden es zu Hause auswerten. Sag den Arbeitern bitte
Bescheid, dass sie morgen alles zumauern und zu-
schütten sollen. Wenn das erledigt ist, brechen wir für
dieses Jahr unsere Zelte hier ab."

***

Zurück in Chicago begannen Professor Whiteman und Falih Abdelaziz alle Grabungsdokumente zu sichten, zu sortieren und zu kopieren. Whiteman hatte immer noch ein ungutes Gefühl und wollte die Unterlagen in Sicherheit bringen. Falih packte dann alles in seine Tasche und verließ das Büro. Im Gang wurde er von einigen Männern aufgehalten.

„Das Büro von Professor Whiteman?"

„Gleich hier", antwortete Falih und ihm brach der Schweiß aus.

„Das gibt bestimmt Ärger", dachte er bei sich und versuchte möglichst unbeteiligt auszusehen. Dabei krallte sich seine Hand fest um den Griff seiner Tasche.

„Und was machen Sie hier?"

„Ich?"

„Wer sonst?"

„Ich hatte ein Tutorium bei meinem Professor."

Er war richtig stolz auf sich, dass ihm diese Ausrede eingefallen war.

Die Männer betrachteten ihn noch einen Moment argwöhnisch, dann stürmten sie ohne anzuklopfen in Whitemans Büro.

Der Professor sah die Männer verdutzt an, dann hatte er sich schnell gefangen.

„Was wollen Sie denn hier? Wer sind Sie? Können

Sie nicht anklopfen?"

„Defense Intelligence Agency, wir sind bevoll-
mächtigt alle Ihre Aufzeichnungen Ihrer Funde in
Ägypten zu beschlagnahmen. Also wo sind sie?"

„Ich verstehe nicht. Wieso denn?"

Einer der Männer hielt ihm ein Schreiben, dass mit
dem Stempel des Pentagon versehen war, unter die
Nase.

„Hier bitte sehr. Also wo sind sie?"

„In meinem Schreibtisch."

Sofort stießen sie ihn beiseite und durchwühlten alles, bis sie die beiden Ordner gefunden hatten.

„Ist das alles?"

„Ja, aber Sie können mir doch nicht meine Arbeit
wegnehmen."

Der Agent, der das Wort führte gab den anderen
ein Zeichen. Daraufhin fingen sie an das ganze Büro
zu durchsuchen.

„Ist das wirklich alles, oder gibt es irgendwo noch
mehr?", fragte der Wortführer, nachdem sie nichts
weiter gefunden hatten.

„Das ist alles. Meine Arbeit von zwanzig Jahren."

***

In Washington erstatteten Phillips und Newman
am Nachmittag ihrem Chefredakteur Robert Wilson
Bericht über die Funde und die Vorfälle.

„Heute Vormittag war die DIA mit fünf Mann bei Whiteman im Büro und hat alle Unterlagen konfisziert. Zum Glück hatte er mit seinem Assistenten alles kurz vorher kopiert und in Sicherheit gebracht."

Als Wilson hörte, dass sowohl die DIA als auch die NSA darin verwickelt war, ging er an die Decke.

„Verdammtes Pack! Wir bringen es trotzdem."

„Nein Chef, das geht nicht. Sie wissen doch sicher was auf Geheimnisverrat steht? Wollen Sie das riskieren?", versuchte ihn Phillips zu beruhigen.

Wilson tigerte noch einen Moment lang in seinem Büro auf und ab, dann ließ er sich schwer in seinen Sessel fallen.

„Sie haben vielleicht recht, aber irgendwas müssen wir bringen. Schreiben Sie etwas, das nicht unter die Auflagen fällt, aber die Leser trotzdem neugierig macht und über diese Schweinerei informiert. Zumindest so gut es geht."

„Gut, ich versuche es, aber lassen Sie es von der Rechtsabteilung checken."

„Ok, aber jetzt will ich wissen, was genau Sie gesehen haben. Das klingt alles ziemlich…wie soll ich es ausdrücken…ziemlich spooky."

„Das ging uns am Anfang auch so."

Dann begann Phillips über die unglaublichen Funde detailliert zu berichten und Newman dokumentierte alles mit einem Stapel Fotos.

„...diese unterirdische Halle des Wissens aus dem Hitat existiert tatsächlich und der Professor hat sie freigelegt. Was wir darin fanden ist absolut unglaublich. Es gab Berge von schriftlichen Aufzeichnungen, die alle noch entziffert werden müssen, da es sich um eine bislang unbekannte Schrift handelt...*deutbar für den, der ihre Schrift und Sprache kennt*...wie es im Hitat steht. Teilweise auf einer Art Papier, was es damals ja angeblich nicht gegeben haben kann, teilweise aber auch auf goldenen Platten eingraviert, oder auf blanken Scheiben geschrieben, die aus Kristall zu bestehen schienen, sich aber falten oder rollen ließen, ohne Spuren darauf zu hinterlassen. Dazu Objekte aus Gold und Bronze. Doch das erstaunlichste waren die beiden Apparaturen die wir fanden. Als wir den Staub entfernt hatten glänzten sie, als hätte man sie gerade erst dorthin gestellt. Die eine war eindeutig das Modell eines Raumfahrzeugs, doch die andere konnten wir uns anfänglich nicht erklären. Ein Ingenieur aus Kairo, den Whiteman zuzog, untersuchte das Teil eingehend und kam zu dem Schluss, dass es eine Antigravitationsmaschine sei. Damit wäre auch die Möglichkeit in Betracht zu ziehen, dass die Baumeister der Pyramiden dieses, oder ein ähnliches Gerät benutzten um die schweren Steinblöcke zu bewegen."

„Das klingt für mich schwer nach Science Fiktion", meinte Wilson skeptisch.

„Ja, aber es ist Realität. Hier sind die Fotos. Dazu kommt noch etwas, dass Professor Whiteman uns heute Morgen mitteilte: Edward Miller, der Ingenieur, ist kurz nach unserer Abreise plötzlich bei einem Unfall verstorben. Er stürzte einfach aus dem Fenster. Kommt Ihnen das nicht bekannt vor?"

Wilson setzte seine Lesebrille ab und kaute auf den Bügeln herum.

„Soweit gehen diese Schweine also auch da."

„Ja, aber auch wenn es denen nicht passt, es gab vor der Sintflut eine hochentwickelte Kultur, deren Wissensstand unserem heutigen sogar noch überlegen war. Das müssen wir so akzeptieren, auch wenn es nicht in unser Weltbild passt. Lesen Sie einmal den Hitat und das Buch Henoch, dann wird Ihnen vieles klar."

„Wer oder was ist Henoch?"

„Das ist der hebräische Name für Saurid, den Erbauer der Pyramiden, in denen er sein Wissen, was ihm von außerirdischen Besuchern zuteilwurde, vor der Flut versteckte. Wir waren tatsächlich nie alleine."

„Aber dafür gibt es, außer diesen Schriften keine genauen Hinweise, oder?"

Phillips wollte gerade antworten, als er eine E-Mail

auf seinem Handy erhielt.

„Entschuldigung, es scheint wichtig zu sein. Es ist von Whiteman."

Er sah seinen Chef erst einmal mit offenem Mund an, nachdem er die Nachricht gelesen hatte.

„Was ist? Reden Sie schon."

Phillips reichte ihm sein Handy mit der Nachricht des Professors:

„Richmond konnte erste Schriftzeichen aus der ersten Kammer übersetzen. Sie lauten:

Es war Thoth, der dieses Gebäude baute, um sein Wissen zu schützen…

Das ist der Beweis…"

Wilson war erst einmal sprachlos, was bei ihm höchst selten vorkam. Er musste das gehörte und ge-sehene erst einmal gedanklich verarbeiten. Dann sah er Phillips und Newman an und sagte mit Resignation in der Stimme: „Wenn dem so ist wie es scheint, wer-den sie alles unternehmen, damit die Menschen nichts davon erfahren. Wie bei so vielen Dingen, die nie ans Licht kommen sollen…"

14

Epilog

Laut der Bibel sandte Gott die Flut auf Erden um die Menschen, die ihm nicht gehorsam waren, zu vernichten. In wesentlich älteren Schriften, auch in Alttestamentarischen, die heute zu den Apogryphen gehören, steht etwas ganz anderes. Dort ist von einer Naturkatastrophe die Rede.

König Saurid erfuhr von seinen Astronomen und Sehern, dass aus dem Sternbild des Löwen (Leo) ein Feuer auf die Erde zukommen und eine vernichtende Katastrophe auslösen würde. Dabei könnte es sich um einen größeren Asteroiden gehandelt haben. Darauf ließ er die Pyramiden bauen um alles Wissen davor zu schützen. Und die Sphinx als Wächter sah zu dieser Zeit genau ins Zentrum dieses Sternbilds.

Auch in den alten biblischen und jüdischen Überlieferungen gibt es Hinweise dazu, dass Saurid (oder Henoch), dessen Stammbaum bis zum biblischen Kain zurückreicht, über außerirdisches Wissen verfügte, was ihm von den Himmlischen gegeben wurde.

Henoch, wie er von den Hebräern genannt wurde, starb nicht, er wurde von den Göttern hinweggenommen, die ihm ihr Wissen vermittelten, was er niederschrieb.

In alten sumerischen und assyrischen Texten ist ebenfalls von himmlischen Wesen, den Anunnaki, die Rede, die zur Erde kamen um Bodenschätze zu suchen. Sie gründeten Städte, vermischten sich mit den Menschen der alten Zeit und gaben ihr Wissen weiter.

Können wir weiter ignorieren, dass wir nie alleine waren?

Bei dem vorliegenden Buch handelt es sich um einen Roman und nicht um ein dokumentarisches Sachbuch. Daher stellt die Handlung keinerlei Wertung irgendeiner in der Handlung vorkommenden Institutionen, Organisationen oder Geschehnissen dar.

Die Handlung und die Namen der handelnden Personen sind frei erfunden. Übereinstimmungen mit tatsächlich existierenden Personen wären daher rein zufällig.

Die Namen von realen Personen, die mit ihrem Bezug zum in die Handlung eingebetteten, geschichtlichen Hintergrund in der Handlung vorkommen, wurden geändert.

Reale Personen sind mit ihren sogenannten Klarnamen nur aus tatsächlichen Nachrichten von Fernsehen, Printmedien, oder öffentlichen Publikationen zitiert. Sie sind somit nicht Bestandteil der frei erfundenen Handlung, sondern nur in diese einbezogen.

Der arabische Historiker und Gelehrte al-Maqrizi, der von 1364 bis 1442 lebte, sammelte alte arabische Schriften und Überlieferungen zur Geschichte und Topografie Ägyptens, die er in seinem Werk Hitat zusammenfasste.

Dr. Erich Graefe übersetzte das sogenannte Pyra-
midenkapitel des Hitat im Jahre 1911 für seine Diser-
tation.

Die im Buch verwendete arabische Sprache ist die
allgemein übliche im arabischen Sprachraum und
nicht der ägyptische Dialekt. Die Darstellung ist die
die allgemein übliche Umschrift.

Volker Jochim

Das JFK Rätsel

Roman

Kurz vor dem vierzigsten Jahrestag des Attentats auf John F. Kennedy beschäftigt sich der investigative Journalist Mark Phillips mit den zahlreichen Verschwörungstheorien, die es zu dieser Tat gibt. Dabei fallen ihm zahlreiche Ungereimtheiten in den alten Ermittlungsakten und dem Ergebnis der Untersuchungskommission auf. Als er der Sache nachgeht, stößt er tatsächlich auf schlampige Ermittlungsarbeit, unterschlagene Beweise und einen neuen Aspekt, der zu einer Verschwörung zur Ermordung des Präsidenten führte. Doch die Verschwörer existieren immer noch und wollen seine Recherchen mit allen Mitteln verhindern.

Volker Jochim

Das September Komplott

Roman

09/11 – diese Zahlen haben sich unauslöschbar in das Be-
wusstsein der ganzen Welt eingegraben. Aber was geschah
an diesem 11. September 2001 wirklich?

Dieser spannende Roman schildert die unglaublichen Ereignisse aus der Sicht eines investigativen Journalisten,
dem es mit seinem Team gelingt, die Hintergründe eines
gigantischen Komplotts aufzudecken, das bis in höchste Re-
gierungskreise reicht und der dadurch in Lebensgefahr gerät.

Ist das die Wahrheit hinter der Wahrheit?

Volker Jochim

Die Apollo Lüge

Roman

Ein Jahr nach den Ereignissen vom 11. September 2001, wird der investigative Journalist Mark Phillips mit einigen Verschwörungstheorien zu den Mondlandungen der Apollo Missionen konfrontiert. Zusammen mit seinem Freund und Kollegen, dem Pressefotografen Ron Newman, beginnt er zu recherchieren, was tatsächlich dahinter steckt. Gemeinsam kommen sie einer unglaublichen Geschichte auf die Spur, doch jemand versucht das zu verhindern und schreckt dabei auch nicht vor Mord zurück.

Volker Jochim

Das UFO Komplott

Roman

Auf dem Rückflug von einer Recherche, sieht der investigative Journalist Mark Phillips am Nachthimmel seltsame
Lichter, die das Flugzeug zu begleiten schienen. Als er der
Sache nachgeht stellt er fest, dass es bereits eine Reihe sol-
cher Sichtungen gab, die in Zusammenhang mit Militär-
stützpunkten standen. Bei weiteren Recherchen stößt er mit
seinem Kollegen Ron Newman auf eine jahrzehnte lange
Vertuschungsgeschichte seitens der Regierung und des
Militärs.

Die Kommissar Marek Reihe bei tredition®

Kommissar Mareks trügerische Idylle
Kommissar Marek wandert aus
Der erste Fall
Überarbeitete Neuauflage / November 2008/März 2016

Der Venezianische Löwe
Kommissar Mareks zweiter Fall
Überarbeitete Neuauflage / Juli 2010 / Juli 2020

Dreikönigsfeuer
Kommissar Marek stößt an Grenzen
Der dritte Fall
April 2016

Der letzte Kreis der Hölle
Kommissar Marek kommt ins Grübeln
Der vierte Fall
Dezember 2015

...des die Rache ist
Kommissar Mareks fünfter Fall
Januar 2017

Nolde sehen und sterben
Kommissar Marek und die Kunst
Der sechste Fall
März 2018

Das Rätsel des Priesters
Kommissar Marek und die Mystik
Der siebte Fall
April 2019

Spurlos Der Fall Orsini
Kommissar Mareks achter Fall
April 2020

Tödliches Sonett
Kommissar Marek und die Lyrik
Der neunte Fall
Juni 2021

Kommissar Mareks Déjà-vu
Der zehnte Fall
November 2022

Zeitfracht Medien GmbH
Ferdinand-Jühlke-Straße 7
99095 Erfurt, Deutschland
produktsicherheit@kolibri360.de